狙われた女子寮

館 淳一

幻冬舎アウトロー文庫

狙われた女子寮

目次

第一章　侵入者　7
第二章　深夜の非常階段　21
第三章　女装のマゾヒスト　31
第四章　倒錯の肛姦　60
第五章　レイプ・プロジェクト　89
第六章　粘膜の摩擦音　114
第七章　屈辱の痕跡　128
第八章　菊孔露出　141
第九章　継承者　157
第十章　女子寮侵入計画　172
第十一章　密室の指戯　190
第十二章　処女唇接写　202
第十三章　二匹の百合奴隷　217

第一章　侵入者

襲われたその瞬間まで、智美《ともみ》はまったく気がつかなかった。

深夜、寝入りばなの熟睡していた時刻だった。

侵入者はまず、梱包用のガムテープを女子大生の口に貼りつけた。これで智美は叫ぶことも悲鳴をあげることもできなくなった。

次の瞬間、侵入者はベッドのかけ布団をはねのけていた。

驚愕《きょうがく》した智美が跳ね起きようとすると、強い力でベッドにうつ伏せにされた。

両手が後ろにねじあげられて、手首に冷たい金属の感触が食い込んだ。

ガチャ。ガチャッ。

後ろ手錠をかけられて、二十歳の女子大生の両手は自由を奪われた。

（なに？　どうしたの？　これって夢……？）

しばらくの間、まだ夢を見ているのではないかと智美が疑《うたぐ》り続けたほど、侵入者の手際は見事なものだった。

（強盗……！）

ようやく自分を見舞った事態を把握するまで時間がかかったのは、智美が襲われた場所のせいだ。

彼女は聖美《せいび》学園女子大の学生寮『友愛《ゆうあい》タワー』にある自分の部屋にいた。男性はもとより外部からの来訪者は厳重にチェックされる。深夜、この建物はすべての出入口に錠がかけられてしまう。内部にいるのは女性だけ。

なのに、ほのかなスモールランプの明かりに浮かびあがった侵入者は間違いなく男性だった。なぜなら彼はすでに裸だったからだ。

頭から黒いパンティストッキングをすっぽりかぶって、どんな容貌なのかは見当もつかない。ただギラギラ光る猛獣のような眼光だけがナイロンの下から自分に突き刺さってくる。その下はひき締まった肉体である。下着一枚着けていない全裸で、男性の器官は剝《む》きだしで股間に隆起していた。

どうやって侵入したのかはわからないが、男は智美の部屋の中に入り込むと、真っ裸になってから熟睡している女子大生に襲いかかったのだ。

（そんなバカな……。どうして？）

夢ではないとわかってからも、智美はしばらく呆然《ぼうぜん》として思考力をとり戻せなかった。侵入者の襲撃法はそれほど現実離れしたものだったのだ。

（もうダメだ。犯される）

思考力が戻って、驚きの次に襲ってきた感情は絶望だった。この状況から逃れるすべは万に一つもない。

この『友愛タワー』は竣工《しゅんこう》したばかりの鉄筋コンクリート五階建ての寮である。外見的にも構造的にも市中のワンルームマンションと変わらない。いや、全館集中冷暖房、一階全部が共有スペースにあてられていることを考えれば、市中マンションよりも豪華なくらいだ。

中層集合住宅に多く採用されている壁式構造によって建てられているので、部屋と部屋を仕切る壁はコンクリートパネル。遮音防音性能が高く、隣室に話し声が洩れるようなことはない。

プライバシーを守る居住性のよさが、今は智美に不利に働いた。

よほどの大声で叫べば気がついてもらえるかもしれないが、ガムテープで口をふさがれていてはそれも無理だ。

しかも後ろ手に手錠をかけられている。暴れれば暴れるほど手首にしっかり食い込んでくる頑丈な金属の環《わ》。これから逃れる方法はない。

侵入者は彼女の背に逆向きに馬乗りになり、パジャマのズボンを穿いた下半身の自由を奪うべく足首に縄を巻きつけていた。

とうとう彼女は下肢の自由も奪われてしまった。蹴ることもできない。

(犯されてもいい。殺されたくない!)

パニック状態に陥った若い娘は、それだけを祈った。

首都圏のベッドタウン夢見山市《ゆめみやまし》では、近年になってアパートやマンションでひとり暮らしの若い女性が襲われ、犯されたうえに殺されるという事件が頻発している。

東京の大学に通う娘がそんな非道な目に遭わないようにと、智美の親は大学の寮に入ることを奨《すす》め、彼女もそれに従った。

『友愛タワー』は学園のキャンパスの中にあり、警備体制は学園と同じだ。二十四時間、常駐している警備員が寮の周辺も巡回している。夜は学園の門も閉ざされているし、周囲の塀には赤外線監視装置が設けられていて、高い塀をなんとかよじ登ってもすぐに発見されてしまう。

「この女子寮の中にいる限り、お嬢さんたちは絶対に安全です」

学園側は、父母にもそう保証したはずだ。

だから智美も安心しきっていた。

一応、個室の内鍵はかけておくものの、備えつけられているドアチェーンはかけたことがない。

狭いながらベランダのついたアルミサッシ窓の錠も、そんなに神経質にはかけていない。部屋は五階。学園のキャンパス全体を囲う塀の一部である、蔦《つた》をからめた煉瓦塀《れんがべい》の向こうは人や車の通る道路。塀を乗り越えた侵入者がいたとしても、堂々と外壁にハシゴをかけて上がってくる者がいるとは思えなかったからだ。

それなのに強盗は侵入してきて、自分は口をふさがれて縛りあげられてしまった。生かすも殺すも侵入者の思いのままだ。

(早く欲望を処理して、去って欲しい……)

ただそれだけを願うしかなかった。

薄明かりの中で一瞬だが、侵入者の股間に隆起している欲望器官を見ている。

智美は処女ではないし、ボーイフレンドも多かった。いま、男が昂奮状態にあることは一目瞭然だ。次に自分の身に何が起こるかは想像するまでもない。

救いは、いまが生理期間ではないこと、寝る前に入浴してきれいな体であり、下着も清潔なこと。

レイプする加害者に配慮する必要などないわけだが、生理中だったり汚れた体や下着を見られることは、若い女性としては相手がレイプ犯であっても、堪えがたいことだった。

(妊娠するかしら?)

レイプされる被害者としては、当然ながらその可能性を懸念する。幸い、あと二、三日で生理を迎えるという、一番妊娠しにくい時期だった。

(不幸中の幸いだわ)

恐怖に痺《しび》れたようになっている脳裏に、そんな思いがかすめた。

うつ伏せにされ、枕に顔を埋めるような姿勢で後ろ手に縛られ、足首も結わえられている女子大生は、ただ自分の肉体に襲いかかる暴虐の嵐を待っていた。

だが、事態は彼女の願ったように、すみやかには進行しなかった。

「ふう」

拘束を終えたとき、侵入者が吐息をつくのが聞こえた。彼もまたかなり緊張していたことがわかる。

それからベッドに這いのぼってきた。

無抵抗にした若い娘の肉体に触れる前に、彼としてはやっておかなければならない儀式があった。

ブスッ。

智美が顔を押しつけている枕の、彼女の目のすぐ前に、いきなりナイフが突き立てられた。

「……！」

口がふさがれていなかったら恐怖の悲鳴が口からほとばしり出たはずだ。パジャマを着た若い体がビクンと震え、そして硬直した。

犯人の無慈悲で残忍な性格をそのまま具現化したような武器であった。

サバイバルナイフと称される、鋼鉄を極限まで研ぎ上げたような鋭利な刃物だった。

峰の部分に鋸状のギザギザがついているだけでおぞましい印象が強い。これを柔肉にふるわれたら、肉はもちろん骨でさえやすやすと切断できそうだ。

智美の目は恐怖で極限まで見開かれた。

「わかるな？」

初めて侵入者が口をきいた。押し殺したような囁《ささや》き声で。だから声の特徴はわかりにくい。

「おとなしく言うとおりにしていたら、おまえは無事だ。暴れたり騒いだり抵抗したりしてみろ。まず顔からこうしてやる」

ナイフの柄をこじった。パンヤを詰めた枕がザックリと裂けた。

「……！」

智美の恐怖は極限に達した。もう少しで尿を洩らすほどに。

「わかったな？」

問われると必死になって首を縦に振った。若い娘――それも美人の部類に入る娘が顔をナイフでズタズタに裂かれることは、死を宣告されるに等しい恐怖だ。

「よし。ではおとなしくしていろ」

女子大生は強い力で仰向けにされた。初めて正面から侵入者に正対した。

顔は隠していても、若くて健康な男だということはわかった。皮膚の若々しさ、筋肉の張り詰めた感じ、贅肉《ぜいにく》のない体型。二十代半ばぐらいだろうか。

智美がまず驚いたのは、肉体それ自体からはまがまがしい印象を受けないことだった。

全体的に豹か何か、しなやかな肢体を持ちすばやく動く、狩りをするネコ科の動物を思わせた。

しかし、この猛獣は毛がなかった。パンティストッキングの覆面をした頭部を除いて、彼の体には全身、ツルツルで産毛の一本さえなかった。きれいに剃毛《ていもう》されているのだとわかったのはしばらく経過してからで、最初のうちは遺伝か何かによる特殊な体質のせいかと疑ったほどだ。

筋肉が隆々と盛り上がっているわけではなく、肌は智美に負けないほど白くキメが細かい。

下腹部の牡器官の存在がなければ女性かと見紛うかもしれない。それほど中性的な肉体だった。そう思えば乳房など心なしか少女のように膨らんでいるようにも見える。

（え？）

ゆっくりと捕らえた獲物に覆いかぶさってきた侵入者の肉体からは、智美の知っている男たちのような、牡を感じさせる体臭が希薄だった。替わりにまず鼻腔を刺激したのは別の匂いだった。

（……？）

男性や女性の化粧品とは違う、嗅ぎ慣れてはいるがとっさには思い出せない何かの匂いが、彼の肉体から発散している。

（どうしてこんな匂いが……？）

その疑問は、パジャマの前ボタンを引きちぎるようにして前をはだけられた瞬間にどこかに霧散してしまった。

「……！」

白い二つの肉丘がスモールランプだけの薄明かりに照らし出され、震えながらも若さを輝かせていた。

仰向けにされているから小ぶりに見えるが、その実、Ｃカップはゆうにある椀型のふくらみである。男なら誰でも、掌《てのひら》でそれをくるんでみたくなるに違いない。

侵入者は、その誘惑を感じたのかどうか、パジャマの上衣にナイフを突き立て、スパッと袖のところを切り裂いた。

ナイフの切れ味がどれほどのものか、その時初めて智美は知った。コットンの素材は刃に触れた部分が音もなく切断される。肌に触れたら同じように抵抗を感じる間もなく裂かれているだろう。

冷たい刃先は震えおののく二十歳の女子大生の素肌を、胸の谷間の部分からへそのほうへとツーと下っていった。

ピシュ。

パジャマのゴムの部分が切断された。股までまっすぐに布が断ち切られた。

またビクンとうち震える若い肉体。

ナイフはさらに二度か三度ふるわれて、パジャマはボロ切れと化して智美の肉体から分離され投げ捨てられた。

白いコットンのパンティが包みこんだ若い娘の女らしいヒップが露《あら》わにされた。いまや彼女が着けているのはそれ一枚だ。

風呂上がりにつけたコロンの香りといっしょに、健康な牝の匂いがたち上った。

「…………」

侵入者であり凌辱者である男は、下着一枚に剝きあげた若い娘の抵抗できぬ姿態を前に、激しく欲情した。それはすでに怒張していた男性器官が、その赤銅色の肉幹を隆々とそびえ立たせたことで明らかだった。

彼はそれでも急がなかった。

智美の腰の上に跨《また》がる姿勢になり、膝で自分の体重を支えて前に体を倒し、まず乳房に攻撃をかけてきた。両手で左右の弾力に富んだ白いふくらみを撫で、摑み、揉み、押し潰し、さらにかぶっていたパンティストッキングを鼻のところまで押し上げて口を露出すると、乳首を咥え、吸い、舐め、嚙み、しゃぶりたてた。

「う、む、ぐぐう、くくッ……」

ガムテープで口をふさがれているため、呻き声は鼻腔から抜けて噴出した。

シーツの上で白い裸身がくねり悶えた。

（この人、とことん楽しむ気だ……！）

智美は責められながら慄然とした。彼は冷凍マグロのように反応のない女体を犯して満足するような男ではないのだ。

侵入し彼女を掌握してしまうまでの手際のよさからして、これが初めての犯行ではないようだ。

(なんてこと……。私がどうしてこんな目に……?)

智美は女の共通な弱点である乳房を責められながら絶望的な思いにとらわれた。

(私を感じさせる気なのッ?)

若い女のみずみずしい肉を揉み乳首を吸い、噛むのは自分の欲望に駆られてだけの行為ではない——と、ある程度の男性経験をもつ女子大生は理解し始めた。

凌辱者の肉の凶器は怒張の極限にあって、覆いかぶさる体勢だとパンティを着けている腹部に熱い、硬い、肉でできた槍の穂先が触れる。当たる。布ごしにそこが濡れているのもわかる。時にはズキンズキンという脈動さえ感じられる。

それほど昂ぶっているのなら、すぐにパンティを引き裂き、智美の牝芯《めしん》に凶器を突きたてえぐり抜いてくるのがふつうだ。これまでのボーイフレンドの誰もがそうしたように。

だが、この男には強靭な忍耐心が備わっていた。緻密な計画力も。

彼の企図が、まず智美を昂ぶらせることにあるのは、乳房に対する徹底して集中した攻撃でわかる。ただ欲望に駆られた男なら、他の部分にも触れてくるはずだ。

(ああ、感じてしまう……)

智美は狼狽した。

レイプというのは女性の意志、感情を無視して圧倒的な暴力を行使してなされるものだ。女性は恐怖と屈辱と苦痛のさなかで一方的な快楽のための道具という役割を課せられる。犯す側は自分の欲望を満たすことしか念頭にない。結果、女性が快楽を味わうなどということは、まずありえない。

しかし、この凌辱者はそうではなかった。

欲望を満たす前に相手を昂奮させ、被害者である女を彼女の意志に背かせて自分の共犯者に仕立てようともくろんでいる。

（こっちの方がよほど残酷……！）

絶望的な感情が怒濤のように襲いかかってきた。

可能なら心を閉ざし感覚器官の機能も停止させて、ただの肉人形と化してしまいたかった。だが、執拗に乳房を手指、唇、歯、舌で責めてくる男は、どこまでも焦ったりはやったりする気配を見せない。男根を怒張させ、かつ先端から透明な液をしたたらせているほど昂ぶっているのに。その強靭な意志の強さに、智美は驚嘆すると同時に憎悪を覚えないわけにはいかなかった。

（この男、満足するまでどれだけ時間がかかるのかしら？）

一時間や二時間ではすまない――と智美は絶望の中で思った。

自分が必死になって感覚を閉ざせば、それだけ凌辱の時間は長引く。それがイヤなら、進んで彼が与える刺激に反応し、快楽を共にする態勢に没入することだ。

（なんという拷問……）

智美は呻き、悶えながら絶望し、諦めた。それしか方法がないのだ。

女の弱点、同時に自分の弱点でもある乳房を、そこまで執拗にいたぶられ、弄《もてあそ》ばれて何も感じないわけにはいかない。しかもこの凌辱者の責めかたは熟練が感じられる。決して女に飢えてはいない。

（もうダメ……）

まだ乳房以外のどこも嬲《なぶ》られていないのに、秘部が濡れてきた。体はカッと熱く、脂汗がねっとりと肌を覆う。自分の腰が意志に関係なくビクンビクンと震えだした。子宮はもう完全に火がついた状態になっている。腿をすり合わせる動きさえ、自分でも淫らだと自覚した。

（早く、どうにかして……）

思わず切ない目で凌辱者を見上げた。

「ふふ、感じてきたか」

その時になって、初めて男が辱めの言葉を口にした。

第二章　深夜の非常階段

コトン。

微かな音で、神将愛子《しんしょうあいこ》は眠りを破られた。

（ん、なに……？）

夜、人の眠りは、浅くなったり深くなったりを繰り返して朝を迎える。

たまたま浅くなっている時だったから、そんな微かな音で目を覚ましたのだろうが、めったに音がしない場所から発生したせいもある。

（非常階段のドアが開いたんだ……。誰？）

愛子の部屋は聖美学園女子大の学生寮『友愛タワー』の最上階——五階の北端にある。

中央エレベーターホールから棟の中央を貫いている廊下は、愛子の部屋を最後として、棟の外壁に張り出している非常階段へ出る鉄の扉に突きあたる。この扉は非常口なので二十四時間施錠されていない。ただ、非常階段の一階から外へ通じる扉だけは内側からしか開かない構造になっているので、防犯の面で心配はない。

寝ぼけ眼で目覚まし時計を見ると、午前二時少し前。愛子は改めて驚き怪しんだ。

(こんな真夜中に、寮の中の誰が、何のために非常階段を使うの？)

――『友愛タワー』は全国に八つの付属高をもつ聖美学園女子大が、入学希望者が年々減少してゆく傾向を打破するため、今年の春に竣工した学生寮だ。その瀟洒《しょうしゃ》な外観デザイン、設備の豪華さ、すぐれた居住性は注目の的となり、この寮に入りたいがために入学したいという少女たちが殺到するほどだ。

学園が女子寮新築に踏み切った理由の一つは、夢見山市の土地環境が学園の立地に適しているため、ここ数年、都心から有名大学の移転、学部新設があいついだことによる。

おかげで学園周辺のアパート、マンションの需給が逼迫《ひっぱく》し、学生の父母の負担が増した。同時にひとり暮らしの、特に女子大生が部屋で襲われるという事件が頻発したため、安くて安全な居住環境を提供することが学園経営者の急務になってきた。

聖美学園女子大も、それまでは学生寮がなかったわけではない。ただ、民間のアパートをまるごと借り上げただけで、設備、環境ともに学生たちには不人気だった。

そこで学園は、思いきってキャンパスの中に、五階建て二百五十人収容の『友愛タワー』

を建設したのだ。

「こういう時代、学生寮は若者のセンスで」と考えた学園は、『友愛タワー』を徹底して学生の意向に沿ったものにした。

学生寮といえば相部屋、決められたメニューの食事、厳しい門限、共同浴場、共同便所などでプライバシーが守りにくい――などのマイナスイメージが一般的だった。

『友愛タワー』ではすべて一人用個室、しかもバス・トイレ付きだ。一階には広い優雅なラウンジが設けられ、食堂はメニューから各自が好きなものを選べるカフェテリア形式になっている。共有スペースの中には図書室、小会議室、フィットネス・スタジオの設備まで用意されている。

個室はベッドと勉強机、本棚、衣装戸棚が備えつけられたワンルーム形式。しかもセントラル冷暖房。部屋まで電話をひけるし、ケーブルテレビ、衛星放送の共同視聴設備も導入された。

寮の規則も大幅に緩和され、門限は真夜中の零時までとされた。これなら都心で催される観劇やイベントを楽しんでも、余裕をもって帰ってこられる。

といっても「御両親からお嬢さんをお預かりする」という建前上、外泊の許可制、外来者の宿泊は入寮時に申請した家族のみ、門限破りは二度目で退寮勧告――などという規則は厳然として残っているのだが。

それで寮費は周囲の民間アパートなみ。地方出身の女子学生にとって垂涎《すいぜん》の的になったのも無理はない。

入寮希望者が殺到したので学園側は入試または年次成績の優秀な順に入寮許可を出した。これまで自主的に退寮する寮生はほとんどなく、『友愛タワー』に暮らす二百五十人は、全学二千人の学生たちから羨望の目で見られている。

——その二百五十人の中の誰かが、深夜二時、非常階段を開けて外へ出ていった。中から外へ出て行ったのは間違いない。扉が閉じたあと、鉄製の階段を上がってゆく足音が微かに聞こえたからだ。

(屋上へ行ったんだ)

ここは最上階だから、非常階段を上がれば屋上に出るしかない。

もう夜気はかなり冷えこむ季節だ。そんな時期に深夜の屋上へ何の用があるというのだろうか。

地下には乾燥機も備えたコインランドリーがあるので、屋上には物干場さえない。昼間でも寮生はめったに上がることはないのだ。

(うーん、謎だ……)

誰がどこに行こうが自分には関係のないことなのだが、奇妙な胸騒ぎを覚えて、愛子はしばらく目が冴えてしまった。

転々と寝返りを打って眠ろうと努力してしばらくして、
カタ。

物音がしてまた目が覚めた。

（上から降りてきたんだ）

ギッ。

非常口の鉄の扉が外から開けられる音。

愛子は思わず跳ね起きて部屋のドアへと向かった。こんな夜中に屋上へと上がっていった人間が誰なのか、どうしても確かめたかった。

ドアには来訪者を確認するための魚眼レンズがついている。それに目を押し当てるのと、ドアの前を戻ってきた人物が通り過ぎたのは、ほとんど同時だった。

（え？）

その人物の横顔を見た瞬間、十九歳の女子大生はわが目を疑ってしまった。

（香野《かおるの》先輩……⁉）

二百五十人いる寮生のうちでも、一番、自分が気にしている人物が、ドアの前を通りすぎていった。

やがて少し先の部屋のドアが開き、閉じる音がした。かなり気を使って開閉したものの、鉄の扉だからどうしても音がする。

(間違いない。香野先輩だ……)

一年上級の香野智美は、一番端にある愛子の部屋から三室中央寄りの、同じ並びの五一四号室にいる。

(でも、いったいどうして先輩が屋上に……?)

深夜に非常階段を昇り降りする人物の正体がわかったとたん、愛子は安心するどころか、もっと激しく好奇心を揺さぶられてしまった。

その人物が、高校時代から憧れていた先輩だったからだ。

香野智美。国際関係学部の二年生。

F県ときわ市にあるときわ聖美学園女子高の出身で、神将愛子は一年下だった。

智美は高校時代は新体操部で活躍していた。スリムな肢体の持ち主である美少女がそろった新体操部の中でも、智美はその清楚にして凜々しい美貌、爽やかな性格から誰からも好かれて、技術はともかくとして、新体操部の部員の中では一番、人気があった。そのレオタード姿に魅せられ、彼女の出場する大会には必ず応援にゆく「追っかけ」の女生徒たちは大勢いて、愛子もそのひとりだった。

親は地元の公立大、私立薬科大、あるいは看護短大を奨めたのに、それを押しきって上京、聖美学園女子大の家政学部に進んだのは、すべて香野智美のせいである。

実際は彼女と同じ国際関係学部を目ざしたのだが、英語の学力が不足で涙を呑んだ。そのかわり『友愛タワー』に入ることができ、しかも智美の近くの部屋を割り当てられたと知った時は、文字どおり飛び上がらんばかりに喜んだものだ。

しかし、同じ寮生活を過ごすようになって、もう半年が過ぎようとしているのに、智美とはあまり口をきく関係になれていない。

入寮の時に挨拶をして「そう、神将さんも寮に入れたの。よかったわね」と言われたのだが、それ以来、接近するチャンスに恵まれていないのだ。

大学での智美はほとんどサークル活動をしていないということもある。何か心中に期するものがあるのか、ひたすら勉学に打ち込むというふうなのだ。やがて英検一級をめざし、アメリカ東部にある姉妹大学に留学する資格を得よう――と努力していることがわかった。

つまり智美はハッキリした目標を立てて勉強に夢中で、他のことは眼中にないらしい。顔を合わせればニッコリと笑って挨拶してくれるのだから、特に愛子のことを敬遠しているわけではないのだが。

学園には同じときわ聖美出身の学生も少なからずいて、何かのおりには集まったりすることも多い。しかし智美はそういう同郷のグループにも参加しない。学部も違ううえに講義もほとんど重なっていない。どうやってもう少し親しくなろうかと頭を悩ませているうちに、半年が過ぎてしまった。

智美に対する愛子の熱烈な感情は、男たちが想像するレズビアン的なものとは少し違う。性的な意味合いは希薄で、スターに対するファンの感情といってもいい。愛子の胸中では、智美は理想の姉のような存在である。

その智美が、深夜、こっそりと足音を忍ばせるようにして屋上へ上がっていった。

(なぜ、そんなことをしたの……?)

単に眠れなかったからだろうか。夜風の冷たい屋上へ出たら、かえって眠気が吹き飛んでしまうだろう。その夜気を防ぐためか、智美はレインコートを羽織っていた——いや、きちんと前のボタンもかけて両腕で自分を抱くようにして歩いていた。体が冷えきったに違いない。足元は館内用のスリッパだったから、遠くに——この建物から離れることは考えていなかったことは確かだ。

(うーん、智美さんはどうしたんだろう……?)

愛子が智美の異常な行動に、好奇心以上の、懸念と言ってもいいほどの関心を抱くのには理由がある。

秋の学期が始まってすぐ、智美の態度に異変が見られるようになったからだ。

ある朝、智美は食堂にやってこなかった。彼女の爽やかな姿を離れたところから眺めては吐息をつくのを日課にしていた愛子は「風邪でもひいたのかしら？」と心配になった。

寮の食堂は朝食と夕食を提供するが、昼食は出さない。昼は全学共同の学生食堂か外の店ですませることになる。

どうやら智美は、その日、講義をすべて休み、自室にひきこもっていたらしい。愛子が彼女の姿を見ることができたのは、夕食の時だった。

顔色が異常に青く、体調が悪そうなのは一目瞭然だった。友人たちとの会話には一応参加しているものの、ずっと智美を観察してきた愛子の目には、ひどく落ち着きがなく、そわそわしてあちこちに視線を走らせ、心ここにあらずという状態に見えた。

食事もそこそこに自室に戻る彼女に、愛子はよほど駆けよって「どうしたのですか？　何かあったのですか？」と訊いてみようかと思ったほどだった。

その日以来、智美の体は、離れていても愛子のところまで伝わってくるようないきいきとしたエネルギーを失ってしまったようだ。目には輝きがなく、態度はものうげで、そっとあくびを嚙み殺すことが多いので睡眠不足だということがわかる。全身に漂う憂愁の色は日々濃くなるばかりで、愛子はその原因が何なのかわからないので、ただ眺めて心を痛めるばかりだ。

結局、愛子はその夜、ほとんど眠られないまま朝を迎えてしまった――。

しかし翌日、朝食の時に食堂で会った智美は、いつもの表情・態度と少しも変わったところはなかった。

もし愛子がダイレクトに「昨夜二時ごろ、どこに出かけたのですか?」と質問してみたら、「夢でも見たのじゃない? 私はずっとお部屋にいたわよ」という答えが返ってきそうだった。実際、それからしばらく、愛子は「あれは夢ではなかったのかしら?」と自問自答を重ねたぐらいなのだから。

それから毎晩、愛子は深夜、意識して非常口の開閉音に注意を払うようにしていたが、以来、同じ状況で目を覚まされたことはなかった。しばらくの間は――。

第三章　女装のマゾヒスト

「あ、松園《まつぞの》さん。拝島《はいじま》さんが亡くなられたんですよ。事故だったんですって」

舜《しゅん》は、勤めを終えて帰宅したところをマンションの管理人に呼びとめられて、隣室の住人の死を教えられた。

拝島正巳《まさみ》は、その日の昼間、都心のビル建設現場にいた。彼は大手の設計事務所に勤める建築士で、そのビルの設計・監理を受注していた。

工事用エレベーターが故障して足場を伝って登り降りしている最中、足を滑らせて高い所から転落し、全身打撲で即死したという。

「そんな……」

舜はしばらく絶句して立ちすくんでしまった。

ここ数ヵ月、単なる隣人以上、友人以上のつきあいをしていた相手がいなくなったという知らせを頭が受け入れるのに時間がかかった。

次にドッと冷や汗が噴きだした。いつもは日中だけ勤務している管理人に、できるだけさり気なく訊いてみた。

「それじゃ、拝島さんの部屋には誰か来てるんですか？」

「ええ、勤め先の事務所の人が来ましてね、それで私も立ち会わされてたんです。親族などの連絡先を知りたいと言って、机の上の住所録から何人か電話番号を写していったぐらいかな。それで連絡がついて、明日、四国から親族のかたが上京するという話です。今は誰もいません」

「そうなんですか」

舜はホッとした。

（では、あれはまだ、あいつの部屋にある……）

管理人が事務所の人から訊いたところでは、正巳の遺体はすぐに葬祭場へと送られて荼毘《だび》に付され、明日、骨となって故郷へ帰るという。

四年ほど暮らしたこのマンションに、拝島正巳は二度と戻ってこないわけだ。

管理人が舜に告げたのは、特に彼が正巳と親密な間柄だと知ってのことではない。舜は意図して住民にも管理人にも隣室の青年との関係を隠してきた。

（しかし、なんてことだ……。あいつが死んでしまうなんて……）

自分の部屋に入った舜は、へたへたと座りこんでしまった。

いま、正巳の部屋のドアの前を通ってきた。廊下から見える窓は暗かったが、この部屋の住人はいつも、舜より帰宅時間は遅かった。

実際に死に顔を見たわけでもないのだから、やはり人の死をすぐに信じられるものではない。電話が鳴って「今、帰ってきたところ。こっちに来ない？　それとも、お邪魔する？」と女言葉が聞こえてきそうな気がする。

（さて、どうするか、あのスーツケース……）

ふだんから口数の多い管理人のことだから、舜に伝える前に、このマンションの目についた住人の全員に正巳の非業の死を告げたに違いない。だから正巳の部屋には住民の視線が注がれていることだろう。そんな時に出入りするには細心の注意が必要だ。少なくとも人々が寝静まるまで待つ必要があるだろう。

（だが、そんなことをするべきなのか……）

それは正巳の持ち物で、自分の物ではない。

（とは言っても、おれに関係したモノもいっぱいあるはずだ。デジカメで写した写真とか……）

遺族が部屋の中のものを処分しようとしたら、それらは発見されてしまう。彼と正巳の共有した秘密は他人の知ることとなる。

(それだけは耐えられない……)

やはり、スーツケースは持ち出してくるべきだ。何より、正巳自身がそれを望んでいたのだから。

(しかし、正巳のやつ、自分が死ぬことを予期して、あんなことをおれに頼んだのだろうか?)

舜の耳に美青年の声が甦った。

「舜、私の頼みを聞いてくれる? もし私が突然死んじゃったりしたら、私のベッドの下の二個のスーツケースを隠して欲しいの。処分はあなたに任せる。捨ててもいいし焼いてもいいし、使えるものは使ってもかまわない。でも、私と舜以外の第三者、特に私の関係の人たちの目には絶対に触れさせたくないの。わかるでしょ? お部屋の鍵はメーターボックスの裏に貼ってあるから、いざという時はそれを使って。お願いね……」

その時は寝物語の冗談半分に聞き流していたが、こういう事態になってみると、ひょっとしたら正巳は、隣人である舜に、自分の秘密を抹消してもらうためにかりそめの関係をもちかけたのではないか――という気さえしてくる。

（まさか、そんなことはないはずだ……。死んだのは偶然の事故なのだろうから）

マンションの住民が寝静まるまでぼんやりビールを啜《すす》りながら時を過ごしていた若者は、拝島正巳という青年と知りあった一年前のことを思い返していた。

――松園舜は二十五歳、独身のサラリーマン。収入もそこそこいいし、外回りの仕事なので群れを作るのが嫌いな性格には向いている。恋人に恵まれないことを除けば、人生にさしたる悩みもない。

去年の春、ここ夢見山市田園町にあるマンション『サニーヒル夢見山』に引っ越してきた。彼はＯＡ機器専門のリース会社に勤めている。これまでは綾瀬の実家から、都心の本社営業部に通勤していたが、夢見山支社に転勤を命じられたのを機に、独立して暮らすことにしたのだ。

１ＬＤＫのひとり暮らしに慣れてきた頃、隣室に住む拝島正巳と親しくなった。

引っ越して来た時に一応の挨拶をしたのだが、それからは廊下で顔を合わせた時に会釈する程度だった。

朝に出かけ夜に帰宅するパターンからして、自分と同じ独身サラリーマンのように思えたが、ロングヘアーを後ろで束ねた髪形に、カジュアルなデザインのジャケットをラフに着こなしていることが多いので、ひょっとしたら学生かもしれないと思っていた。後になって都心の建築事務所に勤める建築士と知って納得した。

　ほぼ同じ年頃の正巳について最初に抱いた印象は、

(くそ、いい男だな……)

　という羨望を伴ったものだった。

　平均より小柄で細身の体型であるのが惜しいが、端正でしかも甘いマスクは、特徴らしい特徴がなく無個性な容貌だと自認している舜の劣等感を刺激するものだった。

(こういう男だったら、いくらでも女ができるだろう)

　実際、ときどき、正巳の部屋には、髪の長い女が出入りしているのを見かける。決まった彼女がいるようだ。

(世の中、不公平だぜ)

　つくづくそう思うのだった。

　舜は大学時代と社会人になってから、二度、交際した女性から見事にふられた経験があり、それ以来、どうも女性とうまくつきあえない。性欲の処理は風俗の店に行くか、オナニーですませている。もちろん引っ越してからしばらく、彼の部屋に異性が訪ねてくるということはなかった。そういうわけで最初のうちは、女性にもてるように見える正巳は「少ししゃくに障る隣人」でしかなかった。

ある晩、チャイムが鳴ってドアを開けると、正巳が困った顔をして立っていた。

「あの、実は、使っているパソコンが急におかしくなってしまったんです。松園さんはパソコンなんかを売ってる商売だって聞いてたから、もし詳しいのなら見てもらえないかと思って……」

勤め先の仕事ではなく、知人から回してもらった仕事で、家でパソコンを使って図面をひいているのだという。そのパソコンがいきなりダウンしてしまった。急ぎの仕事なので今夜パソコンが使えないと大変困るのだと、美青年は窮状を訴えた。

元来、舜は面倒見のいい男だ。買ってきたコンビニの弁当を肴に缶ビールを飲みながらプロ野球のナイター中継を見ていたところである。

「パソコンにそんなに詳しいというわけじゃないけど、ちょっと診てみますか」

正巳の部屋に行き、パソコンを調べてみた。

自分の使っているのと同じ機種のパソコンだったから、だいたい見当がついた。

三十分ほどで元通りに修復してやった。少しのデータは失なわれたが、それは致命的な損害ではなかったらしい。正巳はひどく感激して何度も礼を言い、ぜひ謝礼を受けとってほしいと金を差しだした。

「やめてくださいよ。隣同士なんだもの、困ってる時に手助けするのはお互いさまでしょう」

舜が断固とした態度で拒否すると、ひとしきり困惑していた正巳は、やがて謝礼に関する解決策を見いだした。ひどく唐突な、常識にとらわれない形で。

「実は、もう一つ困ってることがあるんですよ。そっちの方を解決してもらえたら、それがお礼がわりになるかもしれないなあ」

実は伝言ダイヤルで知りあった、純粋に「割りきった交際」をしている娘がいるのだという。

「割り切った交際……？　つまり援助交際ということ？」

ちょっと驚いた。決まった恋人がいるのなら、女子高生を誘惑して遊ぶ必要もないように思えたのだが。美青年はケロリとした顔で答えた。

「そういうことです。これまで二、三度、この部屋にも呼んだことがあるんだけど、いい子なんですよ。かわいい顔してるし気立てもいい。その子が今夜、金が必要なんで遊んでくれないか、と言ってきたんですよ。でもぼくは今夜、この仕事で忙しいから、ダメだと言ったら、ひどくがっかりしてましてね。どうしても明日までに金を作りたいらしいんです。こっちも時間があればかまってやりたいのは山々なんですけどね。もし松園さんがヒマがあって、若い子が嫌いじゃなかったら相手してやってくれませんか？　いい体してるし、失望はしないと思います。向こうも喜ぶし」

「ちょっと待って。その子は女子高生なの？」

夢見山市は青少年保護育成条例があり、しっかりと淫行罪というのがある。未成年の少女と遊ぶと、ヘタをすると留置所入りもあるのだ。

「そうなんです。でも心配はいりません。何があってもつきあった男性のことは洩らさないって言ってる、口の固い子ですから」

正巳は安心させるように言い、その少女の美点をさらに列挙した。まあ、それだけの余裕のある男なら援助交際の女子高生を抱くことに躊躇《ちゅうちょ》したり罪悪感を抱くようなのは少ない。舜も機会があれば女子高生とセックスすることに道徳的倫理的な抵抗など覚えるものではない。

結局、舜は正巳が紹介してくれるという女子高生と「割り切った交際」をすることに同意した。謝礼をもらうかわりに少女を抱かせてもらうわけで、暗黙のうちに男同士、「これでチャラ」という了解が成立した。

正巳はさっそく少女の携帯電話を呼びだした。すぐに話がまとまり、三十分後、舜の部屋にその少女がやってきた。

「今晩はー。祐希《ゆき》です。初めまして」

やってきた少女はセーラー服こそ着ていなかったが、どこから見てもみずみずしい肉体の持ち主で、十六歳の女子高校生という身分に偽りはなさそうだった。しかも、「どうしてこの子が？」と思わずにはいられないほど無邪気な顔だちをしている。

　性格は素直で人なつこく、こういう世代をどう相手してよいのかわからない舜も、さほど困惑せずに対することができた。

　いや、つまりは金を払うわけで、とすれば彼がいつも相手にしている風俗店に勤める女たちと同じ身分なわけだから、臆することがなかったのは自分が客だという意識のせいかもしれない。

　いずれにしろ、その夜、舜は若鮎のようなピチピチした肉体を思う存分にむさぼり尽くした。

　祐希は十六歳という年齢の割に性感はよく発達して、彼の愛撫に応えて驚くほどよく反応し、彼が射精する前に数回、明らかなオルガスムスを味わっていた。

　こういう体質の女性は、セックスによって男に自信を与える。自分が強者になったような錯覚を与えるからだ。

　どういう家庭環境なのかわからないが、真夜中までに帰ればいいというので、タクシー代ももってやることにし、それから三時間、舜は十六歳の少女の肉体に没頭して過ごした。

　彼を一回満足させるごとに一万円という取り決めだったが、舜は結局、彼女が帰る時に四万円を渡した。射精は三回だったが、彼女の積極的な態度にすっかり満足させられて、一万円をチップとタクシー代として与えたのだ。それでも惜しいとは思わなかったぐらい、祐希という少女は魅力的だった。

自分が抱いた少女を舜に抱かせて以来、正巳はひどく馴れなれしくなり、パソコンについての質問とか、自炊で作ったおかずの量が多すぎたから食べてくれないか、などとさまざまな理由をつけては彼の部屋を訪ねるようになった。

話しあってみると正巳は舜より少し年下であることがわかり、会話の時はいつも正巳のほうが舜を立てるような言い方をするようになった。

舜は料理が全然ダメで、外食するかコンビニで買う弁当ぐらいですませているのだが、正巳は自炊でしかも料理が得意だった。

ある日曜日、夕方にマンションの廊下で顔を合わせると、買い物帰りらしい食料品の包みを抱えた美青年は、「今日は鍋をやろうかと思って。一人分を作るのも二人分を作るのも同じだから、よかったら食べに来ない？」と誘ってきた。断る理由もなかったから、ビールとワインは自分が持参するという条件で舜は招待を受けいれた。

最初にパソコンの修理を頼まれた時、彼の部屋に入って気がついたことは、よく整頓されていること以上に、非常に優れたセンスで部屋が飾られていることだった。いくら正巳が建築家だとしても、それは男性のセンスとは思えなかった。

食事が終わってワインの残りを飲みながらよもやま話を交わしているうち、舜は気になることを訊いてみる気になった。

「正巳、彼女いるんだろ？　日曜ぐらいデートしないの？　それとも日曜には勤めているの？」

普段着には作務衣《さむえ》に似たエスニック風のカジュアルウェアを着ている正巳は、ふッと微笑を浮かべた。

「彼女とは毎日、デートしていますよ。いや、一緒に暮らしているといった方がいいかな」

思わず舜は周囲を見回した。

（なんとはなしに女らしい雰囲気はそのせいだったのか……）

だが、すぐに彼の告白が非常におかしいことに気がついた。

祐希と楽しんだ時の会話で、少女は、正巳には週に一、二回会っているという。

「だったら、どうして祐希のような女子高生と援助交際したりしているわけ？　彼女と楽しめるんだから……」

そこまで言ってから、もっと不思議なことに気がついた。

ほとんど同棲に近い生活をしているのなら、隣にいる自分にその気配が伝わってくるはずだ。ベランダに女ものの衣類が干してあるとか。

　第一、１ＬＤＫのこの部屋では同棲するのには窮屈すぎるだろう。正巳は建築士なのだから給料だって安くはないはずだ。それにアルバイトの収入もある。同棲するのならもっと広い部屋に引っ越すはずだ。

「ウソだろう。ここで一緒に暮らしているはずはない」

　そう言ってやると、正巳は薄い笑いを浮かべたまま、

「本当ですよ。今だっているんです」

　そう答えたものだから、舜はギョッとしてダイニングキッチンの向こうの引き違い戸を見やってしまった。その向こうはベランダのある六畳ほどの洋室になっていて、ベッドとパソコンを載せた小さな机が置かれている。その部屋の中に、いつも見かける髪の長い女が今までずっといるというのだろうか。

「そんな……どうして一緒に食事しないの？」

　呆然としていると、正巳はツイと立ち上がった。

「じゃあ、彼女に会わせてあげます。でも準備が必要なんですよ。そうだな、テレビでも見て待っていていただけます？」

　そう言って返事も待たずに奥の部屋に入っていき、後ろ手に引戸をしっかり閉ざしてしま

った。

舜はしばらく呆気《あっけ》にとられていた。

(何がどうなってるんだ?)

なぜ、同棲している女がいるというのに彼女を食卓に呼ばず、二人だけで食事をしたのだろうか。

なぜ、隣室にひっそりといさせているのだろうか。声をかければすぐなのに、どうして準備が必要なのだろう。

その準備というのがまた長かった。

折からテレビでやっていたプロ野球ナイターが緊迫した展開を見せたので、思わず時間を忘れて見入ってしまったが、そうでなければ業を煮やしていただろう。それぐらいの時間が経過して——たぶん三十分ほど——ようやく戸が開いた。

「………」

一人の若い女性が姿を現した。

確かにこの部屋に出入りするのを何度か見かけた女性だった。

長い黒髪しか印象に残っていなかったが、真正面から見るとドキッとするぐらいのなかなかの美女だった。前髪をおろして額を隠しているが、その下の目がぞくぞくするほど色っぽい。

　ちょっとエキゾチックな雰囲気の化粧で、中国系のアメリカ人といわれたらなるほどと思うような感じだ。

　ほっそりした体にハイネックでノースリーブの黒いワンピースドレス、黒いストッキングを着けている。ドレスは体にぴったり貼りつくようで、ミニ丈の裾からはすんなりとした脚線が腿の半ばまで露わになっている。

「あ、初めまして……。お邪魔してます」

　やはり彼女はいたのだ。動転した舜は立ち上がり、どぎまぎしながら挨拶した。

「………」

　薄い笑みを頰に貼りつけたまま、その女はスッと食卓のところまで来て、さっきまで正巳の座っていた椅子にストンと腰をおろした。つまり食卓を挟んで向かいあったわけだ。

(どうして何も言わないんだ？　それに正巳はどうしたんだ？)

　そんな疑問を抱えて呆然としている舜を面白そうな目で眺め、ついに女は言葉を発した。

「松園さん、まだわからないの？」

　女性にしてはやや低い、かすれた感じのする声。まあ、風邪気味のような声を出す女性はいるものだが……。

「え？　まさか」

その時の驚きを舜は忘れない。

「きみ、正巳？」

さっきまでここにいた美青年が女装した姿だということがわかってもしばらく、舜は我が目を疑っていた。

「違うわ。私はマミ。正巳の妹よ」

別の場所にいたらその言葉を信じたに違いない。言われてみれば確かに正巳とよく似た顔立ちなのだから。もちろん当人が化粧をしているのだから似ているのは当然だ。

「そうだったのか……」

これで正巳が「一緒に暮らしています」と言ったわけがわかった。

「うーん……」

唖然《あぜん》として声も出せない隣室の若者を眺めながら、女装した美青年は嬉しそうに声をあげて笑った。

ようやく言葉を発せるほど落ち着きを取り戻した舜が口にしたのは質問だった。

「きみはホモ……、つまりゲイだったのか？」

女装した正巳――マミは小首を傾げてみせた。やがて気がつくのだが、美しく化粧した時の彼は表情も動作も完全に女になりきって、そこから男性らしさを感じ取るのは非常に難しかった。

「ゲイ？……女装するからって、そういう男がみんな同性愛だってことにはならないのよ」

「だったら、どうして女性の格好するんだよ？　男の気を惹《ひ》きたいからだろう？」

「そういう女装者もいるのは否定しないわ。〝おかま〟と呼ばれるプロの女装者はみなそうね。でも、私はバイ。バイセクシャル」

「というと、男とも女ともできるっていうこと？」

「そう。ただし男が欲しいのは、月のうちの半分。それも女装している、女の子モードの時だけ。残りの半分は男モード。そうすると女としかできない」

「どういうことだよ？」

　ポカンとしている舜を見て、マミになった正巳は、ちょっとため息をついてみせた。それがひどく女らしい仕草だ。

「自分でもよくわからないんだけど、周期があるのよ。私の中にいつの間にか、本来の男の正巳と、女の子のマミがいるの。いつも社会的には拝島正巳って男の顔をしているけれど、その内側では男と女とが半月周期で入れ替わるの。今はすごく女の子モードが強まってきてる時期だけど、あと一週間もしたら、表も裏も百パーセント男になる。そうして一ヵ月たつと――正確には月の満ち欠けのひと月だから二十八日だけど、また元に戻る」

「そんなバカな……」

「信じないわよね、そんなこと言われてもバカげた話だもの」

自嘲するような笑みを浮かべた。舜はあわてて自分の発言をとりなした。

「いや、そういうわけじゃないけど、あんまり突然だったから……。うーん、そういえば人間のような生き物は月の周期に強く影響されるっていうから、そういうことはあるかもしれない。とにかく驚いた……」

目の前にいる、美しい娘になりきった正巳を見ると、それまで舜が抱いていた「おかま」と呼ばれる同性愛者に対する偏見や嫌悪の念は薄れてしまう。こういう美しい存在を、男が性的欲望の対象として抱くことは別に不自然に思えない。いや、それが当然のような気さえしてしまうから不思議だ。

「だけど、どうして女装する気になったのかな？　バイだとわかったから女装するようになったの？　いや、女装したらバイになってしまったの？」

マミという名で呼ばれる存在になった女装者は少し考えこんだ。

「最初はやっぱり女装かな。女装したから自分の中に女性らしさ――つまり男性に愛されたがっている存在がいるってことに気がついたというか」

「じゃ、実際に男性とセックスはしているんだ」

特に恥じらうふうもなく、ケロリとした態度で正巳は肯定した。

「そうね。それは高校生の時から」

「よかったら聞かせてくれないかな。ぼくは正巳のような人と知りあったことがないから、ヘテロしか知らない。女装する人の動機とか、男性とも楽しめるゲイという人種のことがわからない」

「たいていの男の人は、そうでしょうね」

うなずいて正巳＝マミは自分がどうして女装し、バイセクシャルになったかを説明し始めた。この頃になって舜も、今夜、自分が食事に招かれたのは、どうやら正巳が自分の性癖を打ち明けたかったからだということがわかってきた。

（ということは、おれを誘惑する気かな）

思わないでもなかったが、腰は引けなかった。それほど女装した正巳が魅力的だったからだろう。

――拝島正巳は徳島に生まれ、高校時代までをそこで過ごした。

男子私立高の二年生の時、父親と母親が病気で相次いで亡くなった。

ひとり息子だった正巳は、父親の弟、叔父の家に預けられて、高校卒業までの一年半ほどをその家で過ごすことになった。彼らには子供がなく、不動産業を経営していて裕福でもあった。

「私に女装を教えこんだのは、この夫婦だったの。どちらもセックスが好きで好きでたまらないカップルだったんだけど、それでも三十代半ばを過ぎて倦怠《けんたい》期に入っていたんでしょうね。狭い町だからスワッピングとかなかなか楽しめない。夫婦の性生活を刺激的なものにしようと、私を利用しようと考えたのよ」

簡単な罠《わな》が仕掛けられ、まず叔父の妻によって正巳は誘惑された。

叔母はセクシィなランジェリーのコレクションを保有していて、ことあるごとに、それが甥の目につくように放置しておいた。高価な香水の芳香が染み込んだ魅力的な女性下着に少年が手を伸ばし、それを身に着けてみたくなるのは自然の成り行きだ。そうやって自慰に耽《ふけ》っている現場を襲い、叔母は甥を叱りつけ、夫に告げないでもらいたかったら、自分とベッドに入ることを要求した。もちろん、正巳は喜んで彼女に従った。

熟女は美少年の童貞を奪ってから、性的な遊戯として女装を教え込んだ。

ある日、女装した正巳が叔母と疑似レズビアンプレイを楽しんでいると突然に叔父が姿を現し、激怒したふうを装い、自分の妻を折檻し、それから甥を犯した。

それ以来、一年半というもの、性欲の最も強い時期の美少年は毎夜のように中年夫婦の性の玩具、いや奴隷のように弄ばれた。彼が倒錯的な3Pの遊戯を楽しまなかったといえば嘘になる。

ある時は叔母と一緒に縛られて叔父に交互に責められ、ある時は自分一人が縛られて叔父とペニスバンドを装着した叔母に辱められ、またある時は縛った叔母を叔父と二人がかりで責めなぶった。

異常な快楽遊戯に耽ったおかげで見事に大学受験に失敗したが、悔いは今でもない。

正巳は叔父の援助を受けながら東京で一年浪人した後、私大工学部に入ることになる。地元を離れたのは、この美少年のことで噂になるのを叔父夫婦が恐れたからだ。

浪人生活している最中から、正巳は自分の性的な志向——セクシャリティが二分していることに気がついた。

半月ほど女装せずに男でいる間は、女性に対してサディスティックな気分になり、サディストとしてふるまう。男性に対する関心は薄れる。

ところが半月後、女装欲が高まり、今度はマゾヒスティックな気分になる。相手は男性でも女性でも受け入れたい気持になる。

こういったセクシャリティの分裂は、叔父夫婦の寝室で仕込まれた快楽レッスンの影響だろう。ただ、どうして半月周期なのかわからない。最初のうちは気がつかなかったのが、だんだん周期的に男の気分と女の気分の間を振り子のように揺れているのに気がつくようになったという。

東京には叔父夫婦のような好き者は多く、電車の中で、映画館で、通りすがりにさえ彼は男女を問わず誘惑された。ひとり暮らしは女装の腕を磨く絶好の機会で、彼は週末ごと〝マミ〟という少女に変身して街を歩くようになった。

大学を卒業するまで、彼はマミと名のる両性具有的な美しい生き物を好む者たちの援助でリッチな生活を送ることができた。だからといって、正巳という本来の男性は弱体化したわけではない。

不思議なことに、マミが快楽を得られれば得られるほど、その反動か、正巳に戻った時にはひどくサディスティックな気分になり、自分より弱い存在である少女や若い娘をいたぶり辱めたくなる。

「祐希とか女の子を欲しがるのは、そういう正巳なのよ。プラスとマイナスみたいなものかしら。どっちかにかたより過ぎると放電してゼロになりたがるようなメカニズムが働くのだと思う。しかもゼロでい続けると欲求不満で死にそうになるの。だから常に振り子を揺らせ続けなきゃならない。それがバイセクシャルを選んだ私の運命なのね」

そこまで告白してホッとため息をつく女装青年の美しい姿を、舜は感嘆しながら眺めていた。

　ノースリーブのドレスから剝きだしのまるい肩や二の腕は、白くなめらかな皮膚が輝いてムダ毛は一本もない。「男」という本性がどこかに現れてもいいような感じがするのだが、それがまったく感じられないのだ。ハイネックのドレスは喉仏を隠すためだろうが、もともとそんなに突出しているわけでもない。

　髭も体毛も薄く、筋肉は目立たず、小柄な体格。肌のキメが細かく、髪は黒く柔らかい。手早く化粧することですぐに女性になれる素質に恵まれている。

「皮肉なものよね。こういう自分の女っぽいところが嫌いで、小学校中学校の頃は必要以上に男っぽくなろうと、スポーツも格闘技に熱中したりしたのよ。おかげで闘争心は強いほうだけど、またその反動でマゾっ気も強くなったみたい」

　自嘲するように笑ってみせたマミは、立ち上がるとビデオデッキに一本のテープを入れて再生した。

　画面に映ったのは、あの祐希という女子高生とセックスを楽しむ正巳の姿だった。

「これ、先週、撮影したの。完全に男のモードの時にね」

　正巳は終始全裸だった。

　彼の体は髪以外、一毛余さずきれいに毛という毛が剃られていた。全体として女性に見えるが、乳房はなく性器は舜も驚くほど逞しく屹立《きつりつ》している。そのせいか、男でも女でもない、別な性を持つ別な種族の生きもののように見えた。

非現実的な感覚に打たれ、舜は痺れたようになった。

祐希という美少女は最初、学校の制服らしい白いセーラー服を着ていた。

正巳は彼女を襲い、縛りあげ、猿ぐつわを噛ましてから、凌辱の行為に入った。

それもただ犯すのではない。ねちねちと体の各部を嬲り弄び、少女に苦痛と羞恥、屈辱と快楽を同時に味わわせながら、その反応を楽しみながら犯すのだ。

やがて全裸に剝かれた少女の体に赤銅色の怒張した欲望器官が突き立てられた。串刺しにされた若い牝の肉体がうねりくねる。

(すごい……)

汗にまみれたふたつの肉がからみあう光景を眺めながら、舜は何もかも忘れてしまった。

「どうだった?」

見終えたあと、面白がる表情で女装した正巳は訊いてきた。

「ハッキリ言って昂奮した。こういうのを見たのは初めてだったからね」

舜は正直に答えた。彼が激しく勃起しているのは正巳の目にも明らかだろう。

「SMは嫌いじゃないんでしょう?」

「どうして？」

舜は少したじろいだ。祐希とはあれから二度、正巳にとり次いでもらい——というより彼の方から奨励するような形で——会ってセックスを楽しんだ。今見たような行為はしていない。祐希がイヤがると思って遠慮したのだ。これが風俗店に勤めているような女性なら別だが、何と言っても相手は女子高生なのだ。

だから祐希が彼の性向について話したわけがない。マミに変貌した美青年は笑ってみせた。

「あなたの部屋に行った時、本棚に隠してあるのが見えたから……。SM雑誌とか」

「ああ、そうか……」

舜は頭をかいて苦笑した。ふつうなら気がつかない場所に置いてあるのだが、目ざとく見つけていた、その観察眼に驚いた。この美しい女装者は、なぜか舜のことを注目している。それは単なる親切な隣人に対するまなざしとは違っている。

「マミはね、松園さんと初めて会った時から、『ああ、この人は私と同類だ』ってピンときたの」

「同類、って……？」

きれいにアイラインを描き、アイシャドーで強調された黒目がちの印象的な瞳が、本来の黒い長いまつ毛の奥から、彼の体を奥深いところで沸騰させるような電磁波を発している——そんな錯覚を与えるような妖しい視線が浴びせられた。

「セックスが好きで、中でもSMのような変わったセックスが好きで、ひょっとしたら女装の趣味がある男の子」

「SMは好きだけど、女装は……ないよ」

「それは、舜がまだ気がついていないだけ」

艶然と笑ってみせたマミが指摘した。

「自分では似合わないと思ってるんでしょ？　違う。舜はもともとおんな顔なの。男のようにゴツゴツした部分がないということ。お化粧すれば見違えるような美人になる。体だって私と同じ体型だし、髭も薄い。そうね……九号は少し無理だけど十一号の洋服ならラクラク入る体。女装しないなんてもったいない。宝の持ちぐされ」

「よしてくれよ」

舜は苦笑し続けた。実際、これまで一度として自分が女装して美しくなるなどとは思ったことはない。

「まあ、いいわ。いつか目覚めさせてあげる。でも今夜は、ちょっとお願いがあるの……」

「何？」

どうしても少し身構えてしまう。彼はこれまでニューハーフとかシーメールとか、女装者と接触したことはない。どんなにチャーミングでも男性器を股間に隠していると思うと、何か白けてしまうのだ。それに舜はこの美女の男の時の素顔を知っている。

「いやぁね。抱いて、なんて言わないから安心して」

舜の内心の動揺を見透かして、マミはくすッと嗤《わら》った。舜は思わず顔が赤くなるのを覚えた。

「実は、私の写真を撮って欲しいの。デジカメで」

「それはいいけど……、どうしてデジカメで？」

「うん、インターネットでホームページを開こうと思ってるの。純粋にプライベートの、〝求む女装ファン〟というページ」

「つまり、パートナーというかスポンサー募集のための個人広告？」

「そう」

大学を卒業して建築設計事務所に入社すると、新人のうちは建築現場に派遣されて覚える仕事が多く、現場に寝泊りするような日々が続いた。それまで遊び狂っていた正巳のマミの部分は大幅に活動の制限を余儀なくされてしまった。学生時代、彼に金を貢いでくれた女装者、シーメールを求める好き者たちはその間にもっと若い子に関心を移してしまった。

半年してデスクワークに戻り、ようやく遊ぶ余裕の出てきたマミは新しい、自分に関心を抱いてくれる男たちを探す必要に駆られた。

そこで目をつけたのがインターネットのホームページだ。

「なるほどね、ホームページなら顔や全身の写真を掲載できるし、メールですばやくやりとりできるから、交際誌よりずっと早く的確に相手を見つけることができるかもしれない」

「そうなの。今は誰もがホームページに注目しているから」

「じゃ、デジカメは持ってるんだ」

「うん」

正巳はデジタルカメラを持ってきた。

「セルフタイマーはちゃんとついてるじゃないか。だったらぼくが撮るまでもないのに」

そう指摘すると、体を自然にくねらせるようにして正巳は答えた。

「ほら、いくらセルフタイマーを使っても撮れない写真って、あるじゃない」

「え？」

舜が考えこんで、それでも回答を得られないので、じれったそうに正巳は、自分の両手を後ろに回してみせた。

「こういうの」

「ああ」

舜はドキッとした。その時の正巳の姿がひどくエロティックに思えたからだ。

「縛られた姿を写して欲しいのか」

「そうなの」

「それをホームページに掲載する気？」

「うん。だって求めるのはシーメールが好きでSの男性なんだから、その気にさせる画像載っけたほうが、効果があるでしょ？」

「それはそうだ。ということは……ぼくが縛るということか」

「縛れるんでしょ？」

上目づかいの目がゾクゾクするほど色っぽい。これがさっきまで〝男〟だった正巳と同一人物とは、とても信じられなかった。

「縛れないことはないが、下手だよ」

これまでSMクラブというところを訪ねて、相手をしてくれたM女に教わる形で数回、経験があるだけだ。

「それは大丈夫。私が教えてあげる」

話は決まったというふうに、女装の美女はスッと立ち上がり、舜を自分の寝室に招いた。

第四章　倒錯の肛姦

カーペットを敷いた六畳ほどの洋間には片側にベッドが置かれ、もう片方にパソコンが置かれた机、本棚、衣装タンスが置かれていた。女性らしい雰囲気はこちらがずっと濃厚だ。

床に、大きなスーツケースが二個、蓋を開いて置かれていた。

「マミの部分は秘密だから、なるべくスーツケースに隠しておくの」

女装に必要なものはすべて、その二個のスーツケースに収められているのだという。

叔父夫婦の性的奴隷として弄ばれ、男性、女性どちらとでもセックスを交わせる体質に調教された正巳は、叔母から女装の技術を教え込まれた。カツラなどの必要な用具、特殊なパッドの入ったブラなども買いそろえてくれた。

それらのものを部屋の中に置いておくのは問題がある。いつ誰の目に留まるかもしれない。火災、災害、盗犯の侵入など事故、事件によって、彼の性生活の秘密が露見する危険がある。

だからふだんは、ベッドの下に設けられている収納スペースの中に隠しておいているのだという。

ベッドマットを載せている台が箱型になっていて、マットをどかし、敷いてある板を持ち上げると、その下にスーツケース程度なら横に三個ほど並べておける収納スペースがあった。

取り出したりしまったりするのにいちいちベッドのマットを動かさないといけないのが不便だが、たとえば冬に夏の服を、夏に冬の服を収納しておくような用途には向いている。第一、そんなところに収納スペースがあるとは気がつきにくいので、貴重な品物を隠すには具合がいい。

さっき、正巳はその隠し場所から女装用品一式を取りだし、化粧をし衣装を身に着けたのだ。

彼はスーツケースの一つから麻縄の束を取りあげ、舜に手渡した。

「じゃあ、これでお願いします」

(妙なことになった……)

隣人から女装趣味を打ち明けられ、さらに緊縛してその姿を撮影するよう頼まれるという、予想外の展開になってしまった。

これが、正巳が男性のままの姿で頼んできたなら、舜は一も二もなく断ったことだろう。

だが今は、美しく装った美女に変身している。しかも舜は縛られた女性の姿を眺めることが好きだった。緊縛され抵抗できない状態でいる女性の、怯《おび》えたような表情や姿態に接するとぞくぞくする。

そんな女たちに猿ぐつわを嚙ませ、彼女たちが想像もしなかったような辱めを与え苦痛を与え、悶える姿を愛《め》でるのが最高の快楽ではないか、と思っていた。

周囲にはそういう欲望を受け止めてくれる女性はいない。かといって見知らぬ女性を襲って罪を犯すほどの覚悟もない。仕方なくSMクラブに行ってM女を縛ったり責めたりして何度か楽しんだ。

金を払って得られるサービスだから味気ないといえば味気ないが、自分の性癖はやはりSMなのだと確認できた。縛り上げた裸女を前にした時、彼はすさまじく興奮してしまうのだ。

残念ながらSMクラブに足繁く通うほどの収入はない。

（そういう趣味の恋人が見つかったらなあ。いや、恋人でなくてもいい、ときどき縛らせて責めさせてくれるMっ気のある女なら、少しぐらいブスでもいい）

そんな願望を抱えて悶々としていたところだ。

（それが、こんな形で実現するとは、ね……）

彼は苦笑いして、縄の束をほどいた。本当は男であっても、いま自分の前にいるのはどこからみても女としか思えない、美しくセクシィな生き物だ。縛ることに抵抗はなかった。

「ちょっと待ってね。このドレス、高いんだ。縄で痛めたくないから」

正巳は舜に背を向けハイネックのドレスのうなじのところのホックを外し、ファスナーを下ろすよう要求した。スルリとドレスを脱ぐと肌にふり撒いた官能的な香水の匂いがぱあッとたち上ってきた。

ドレスの下はミニ丈の——それも股下すれすれぐらいの黒いスリップだった。

ストッキングはパンティストッキングではなく、実は太腿までのガーターストッキングだった。スリップの胴のくびれ部分からガーターベルトが透けて見え、黒い、細い吊紐がミニスリップの裾の下から伸びてストッキングの上端を吊っている。

ミニスリップの黒いレースの裾とストッキングの間から覗く太腿の素肌は眩しいくらい白く、大理石のように輝いているように見えた。

それは露わになったうなじや肩、背中についても言えることだった。どうしても男性の二十代の肉体とは思えない。

「きれいだ」

舜は思わず感嘆の声を口にしていた。

「ありがとう」

「毛が薄いんだね」

「そういう体質に生まれてよかった。でも、腋の下や下腹は永久脱毛してもらったのよ。いちいち剃るのが面倒だし、必要ないと思ったから」

腕をあげて無毛の腋窩《えきか》をさらけ出して見せる正巳は、それでもマミという女であり続けた。パッド入りのブラジャーをしているので胸はふくよかに盛り上がり、ウエストは細くくびれている。どこから見ても筋骨が強調された男の肉体ではない。

(うう、悩ましい)

そのまま抱きしめて押し倒したい欲望——牡の本能がムラムラと燃えさかるのを抑えて、舜は麻縄を取りあげた。

「最初は後ろ手に縛って」

「マミはそれが一番好きか」

「うん。手は後ろがいい。こうしただけで自分でもゾクゾクしちゃう」

立ったままマミ——これ以後、舜はこの愛くるしい女装の生き物が正巳だと思うのをやめ、マミという名前で呼ぶことにした——の背後に立ち、後ろで交叉させた手首に二重にした縄の折ったほうの端を巻きつけ、手首をくくり合わせる。

それまで饒舌といっていいほどだったマミは、縄をかけられた途端、無口になった。心なしか息が荒くなったようだ。目もトロンとして焦点を失う。

（本当にマゾなのだ……。ということは今が女モードのピークなのか）

さっきはビデオの中で残酷に振る舞い少女を責めさいなんでいた同じ生き物とは思えなかった。舜は黒いミニスリップに包まれたしなやかな肉体を縛る作業に没入し、薄いナイロンの上から肌に縄を食い込ませてゆくサディズムの快感に酔った。

胸のふくらみの上下に縄を回し、それを絞りあげるようにして高手小手《たかてこて》の縛りが完成した。マミの体は柔らかくしなやかで、それでいてバネを秘めているような強さもあった。女性の単なるふわふわした柔らかさとは違う。

「上手だわ。私が何も言うことないもの。ああ、縛られちゃった」

マミはうわずったような声で嬉しさを表現すると、

「このままで撮影して」

ベッドの縁に腰をおろして舜に頼んだ。

「よし」

一枚、二枚と、距離と位置を替えながら撮影した。デジタルカメラに付属した液晶モニターに縮小して表示される、緊縛された美女の姿。

マミは映されるたびに体を斜めにしたりのけ反らせたり、悲しいような顔、苦しげな顔、怯えたような顔を作ってみせて、そのどれもが真に迫ってドラマチックだった。俳優の修業をしたのではないかと思うほどだ。

「横になろうか」

「うん」

マミはベッドカバーの上に仰向けに倒れた。ミニスリップのレースの裾がまくれて白い腿の付け根に、やはり黒い、レースがたっぷり使われているショーツの三角形が見えた。

（う、勃起している……）

どこから見ても妖艶な美女の、そこだけがどうしても本性を隠せない隆起がナイロンをこんもり盛り上げていた。

ショーツは前面のへその下の部分から楔《くさび》の形に股間を覆う部分が不透明な黒いナイロンで、その左右から臀部を覆う部分は網目から肌の透けて見えるレースだ。はきこみは深いが両サイドはきわどく切れこんでいるセクシィなデザイン。

男性の証拠を目立たせないために、わざとサイズの小さいものを穿いている。ふだんの状態では弾力性の強い布によってぴったりと押さえつけられている器官が、今は緊縛され、あられもない下着姿を至近距離から撮影されることで昂ぶり、激しく充血し膨張している。

「おやおや、可愛いお顔に似合わず、マミはでっかいクリトリスを持っているんだな。パンティを突き破ってしまいそうだ」

嬲る言葉をかけてやると、後ろ手に縛られたほっそりした体をくねらせるようにしてマミは真っ赤になり、恥じらった。その反応は女性そのものだ。

舜のサディズムはますます刺激された。

「じゃあ、クリトリスを撮影させてもらおうかな」

デジカメを置き、スーツケースの中から麻縄の束を掴んで近寄ると、マミは怯えた顔を向けた。

「あ、いや、やめて。恥ずかしいことは……」

「何を言ってる。淫乱マゾ娘が」

彼は暴れるマミの片足を取り、足首にもう一本、麻縄を巻きつけた。

「いやッ、恥ずかしい。許して」

哀願しながら悶え逃げようとする姿がさらに舜の昂奮を高めた。

「静かにしろ」

右の足首に結わえつけた麻縄をベッドの足側、右の柱に結びつける。それから左の足首も同様に、左側の柱にくくりつけた。マミは両足を左右に割り広げたあられもない姿勢でベッドカバーの上に仰臥する姿勢になった。しきりに上半身を起こそうとするのを押さえつけて、衣装の入ったスーツケースの中から見つけた白い木綿のパンティを丸めたのを口に押しこんだ。

「む、うぐうう、ぐ……」

柔らかい布のかたまりを口いっぱいに詰められて、マミはもう言葉を発することができない。ただ呻き声を洩らすだけだ。

この美しい生き物を嬲り、辱めてやりたいという欲望が、いつもは温厚な青年を豹変させていた。凶暴な意志をもって、舜は割り裂かれた脚の間に膝をつくようにして立ち、デジタルカメラを構えて悶え呻く下着姿の美女の下半身に焦点を合わせた。

「うー、うー、ううッ」

ミニスリップの裾をたくしあげられてショーツに覆われた下半身のふくらみを丸出しにされたマミは、盛んに暴れて脚を自由にしようとするのだが、それは無駄な抵抗だった。

「ふふ、暴れろ、暴れろ。インターネットでこれを見る好き者たちが喜ぶ姿だ」

ショーツのフロントを突き破りそうなぐらいの怒張を撮影しながら、内心、舜は驚嘆していた。女らしい肉体のその部分だけは、なんと牡らしい逞しさに満ちていることか。

やがてショーツの表面にシミがぽつんと浮き出たかと思うと、みるみるうちに広がりだした。カウパー腺からの透明な分泌液が溢れてきたのだ。縛られてショーツに包まれた怒張をさらす、恥ずかしく浅ましい姿を撮影されることで、マミはすさまじく昂奮しているのだ。

「それじゃ、おまえのおま×こがどんな形をしているか見てやろう」

彼は身をかがめ、黒いナイロンを持ちあげているふくらみに手を触れてみた。

その衝動は自然に湧きおこってきたものだ。それまで彼は同性の生殖器官にはなんの興味もなく、触れたいなどとは一度も思ったことがなかったのに。

「う……」

薄布ごしに自分の欲望器官を舜に触られ、揉まれ、握られたマミは、腰をビクンビクンと突き上げ、揺さぶるようにした。それは必死に逃れようとするようにも見えたが、一方でもっと触って欲しいと望んでいるようにも見える動きだった。

（熱い、硬い、でかい……！）

自分のペニスと同様の熱と硬度を持っていることに何の不思議もないのだが、そのサイズには驚かされた。肉茎を握り締めて自分のより巨大ではないかと疑った。

彼はショーツのへその部分から内側に手を入れてじかに触れてみた。握りしめてみた。その部分は徹底的に除毛したという器官はズキンズキンと脈打っていた。先端がしとどに濡れたそれを握りしめた時、舜は不思議な感動を覚えた。

愛すべき生き物の最後の弱点をこの手に握ったかのような達成感。もっと屈服させてやろうという意欲はさらに高まる。

「すごいな、マミのおま×こは。濡れてヌルヌルではないか」

言いながらしごきたてていた。

「うー、ううぐ、くうぐッ、むー……！」

縛られ両脚を広げた姿でペニスを嬲られる女装の美女は、さかんに呻き悶えてあばれる。

舜はもう何もかも忘れた。

「あう」

気がついた時、握りしめた手に熱いものがほとばしった。ぬるりという感触。マミは男の本性を嬲り尽くされて射精したのだ。

「む、ううむ……ぐ！　う！」

緊縛された体を弓なりにのけ反らせ、黒いストッキングに包まれた脚線の爪先にまで痙攣《けいれん》を走らせて、美しい女装者は舜の握りしめる掌の中に牡の激情を断続的に噴射させて、最後にぐったりとなった。青臭い栗の花の香りがたち昇る。

（なんてことだ。正巳をおれの手でイカせてしまった……）

舜は自分の行為に自分で呆れていた。同性の性器に触れたのさえ初めてだというのに、なんと射精にまで導いてしまったのだ。

ぬらぬらした精液の感触をショーツの下に感じながらも、舜は嫌悪など感じなくて逆に不思議な満足感のようなものを味わっていた。女性をオルガスムスに導いた時のような、ぐったりとして余情にうち震えている肉体を完全に自分のものにしたような充足感。

と同時に、言い知れないいとおしさを、マミという存在に感じたのも事実だ。

舜は脚の縄をほどき、ショーツを脱がせた。驚いたことに射精を遂げた器官はまだ萎える気配を見せずに天を睨むように屹立している。

舜はバスルームに行き手を洗ってから、濡れたタオルでマミの器官に付着した精液を拭ってやった。

「しかし、りっぱな持ち物だなあ。しかも美しい」

ようやく萎えはじめた肉茎を握って、舜は称賛の言葉を口にした。

下腹部から肛門にかけて、また太腿から脛のほうもまったく除毛されているので陶磁器で作られたような印象さえ受ける清潔な眺めだった。茎全体は赤銅の色で、睾丸はまだ引き締まっている。それは、舜が女の乳房に感じるような、握ったり撫でたりしたくなるような魅力に溢れた存在であった。

「おっと、そうか」

口をふさいでいることに気がつき、押し込んでいたパンティを引き抜いてやった。発声の

自由を与えられたマミが最初に口にした言葉は、

「ありがとう。気持よかった」

だった。

舜は少し照れた。いじめたつもりで結局はこの美しい生き物に快感を与えただけのことだったのだ。

「ほどこうか？」

「ううん、もう少し縛られていたい。でも喉が渇いた」

舜はリビングキッチンに行き、ビールをグラスに注いで戻ってきた。

上半身をベッドの上で起こされたマミは、甘えた声と顔で舜にねだった。

「口移しで飲ませて」

「いいとも」

冷たいビールを含み、マミの顎を手で持ち上げるようにして上から唇を重ねた。男と唇を重ねているという意識は希薄だった。今のマミは確かにまる出しの股間に雄勁《ゆうけい》としか言いようのない肉器官を寝かせているけれど、だからといってそれで男だと言い切れないものがあった。男でもなく女でもない、いや、男でもあり女でもある、そういう第三の性をもつ美しい生き物。舜が唇を重ね、泡立つ液体を注ぎこんでやったのはそういう生き物だった。

マミはコクコクと喉を鳴らして口に注がれたビールを飲んだ。お替わりをして三口飲んで、飲み終える時に舌をからませてきて、舜は当然予期していたから、上体を抱きながらその舌を迎撃した。

それは女性と交わすのと同様の甘美な接吻だった。

「はあッ」

舜の唾液を啜り飲んだマミは、唇が離れると大きく息をついた。

「おいしかった」

満足そうに言い、舜のポロシャツの胸に頰を押しつけるようにしてまたもや甘える体勢だ。

「気持よくしてくれたから、舜にお返ししたい」

とても断ることのできない誘惑の言葉だった。それはふっくらとした、それだけでも美味そうな唇から発せられたのだから。

「…………」

舜はズボンを脱ぎ下着を脱ぎ、上半身ポロシャツだけになった。マミは後ろ手に緊縛されたままで奉仕したがったので、彼女を床に正座させ、自分はベッドの縁に腰掛け、股を開く姿勢をとった。

舜は先ほどから激しく昂奮しているから、怒張した欲望器官の先端からはカウパー腺が滲み出て、赤黒く充血した亀頭を濡らしてテラテラと輝かせていた。もし公正な第三者がその場にいたら、両者の器官のサイズはほとんど同じで、ただ色だけが少し違うと述べたに違いない。

それというのも舜は陰毛を剃っていないからだ。しかも濃い。そうすると根元部分が陰毛の繁みによって隠される結果、実際の長さより短く錯覚されるのだ。

正巳――マミの場合は完全に除毛されているから全長の眺めを遮るものがなく、それが他者と比較して長く見せる原因になっている。

「おいしそう」

嬉しそうな顔をして、マミは顔を舜の下腹部に埋め込むようにして熱い怒張に頬ずりをし、接吻をし、それから口を開けて咥え込んできた。

「うう」

舌と唇と口腔粘膜と歯と歯茎との連携プレイによる甘美きわまりない刺激の協奏曲だった。舜はピンサロやソープなどの風俗店でその道のプロたちのサービスを受けたことは何度もあるが、マミの技巧は彼女たちと比較しても遜色はなかった。舜はたちまちのうちにうねりたつ快楽の海に溺れていった。

「お口の中にちょうだい。飲ませてほしいの」

彼が昇りつめてゆくと見定めたのか、一度マミは口を離して甘えた囁き声でそう言い、また情熱的な口腔性交に戻った。

舜は両手でマミの頭を押さえるようにして腰を突き上げ、両腿で頬をはさみつけるようにして思いきり唾液でいっぱいの口の中に激情をほとばしらせた。

「お、ううう、おう！」

叫びながらドクドクッ、ドクドクッと精液を噴きあげた。

マミはそれが美味なる神酒《みき》でもあるかのように、夢中で飲み、舐め啜り、さらには唇で強く、脈動する肉茎を絞るようにして最後の一滴まで舜の精液を吸いだしては飲み干した。

（これは……最高のフェラチオだ！）

舜は気が遠くなるような快感に打ちのめされて、痴愚《ちぐ》めいた喘ぎ声を発しながら後ろにのけぞり倒れてしまった。

「ああ、いっぱいいただいちゃった」

ようやく口を離したマミは、たっぷりミルクを飲んだ猫のように舌なめずりしながら嬉しそうに言ったものだ。

どちらも激情を放出したのだから、これで倒錯の遊戯は一段落したわけだが、不思議なことに二人ともまだ満足はしていなかった。生理的に射精したけれど、精神的に完全なオルガスムスはまだどちらも味わっていない。舜もマミも、この段階はまだ性の饗宴の始まったばかりの段階――いわばオードブルだと暗黙のうちに理解していたようだ。

舜はシャツも脱いで全裸になり、縄をほどいてやったマミと並んでシーツの間に潜りこんだ。

マミはミニスリップを脱いだものの、ブラにガーターベルトとストッキングを着けたままだ。

彼女の腰を抱き寄せて、ガーターベルトはウエストニッパー的な要素の強い――すなわち強いスパンデックスの伸張力でウエストを締めつける役を担わされているのだと知った。道理で男性には珍しい蜂のようによくくびれた腰をしているわけだ。

二人は抱きあってキスを交わした。舜は自分の精液を飲み干したばかりの唇に接吻するわけだし、実際に青臭い匂いも残っていたが、まったく気にならなかった。

抱きあいながら二人の手は互いの体をまさぐり撫で回したが、マミのそれは舜の股間に集中し、舜はマミの臀部《でんぶ》を愛撫した。それは男性の尻とはどうしても信じられないなめらかさと質感に富んでいた。

「おっぱいを吸ってくれる？」

マミに耳元で囁かれ、舜は黒いフルカップのブラジャーを押しあげた。

驚いたことにパッドの入ったブラジャーをのけたあとには、男性にはありえないふんわりとした丘が隆起していた。

「こいつは……？」

驚いた舜は訊かずにはいられなかった。それはちょうど、彼の掌がすっぽりくるみこめるほどの可憐なふくらみだった。

「整形じゃないのよ、もちろん。学生の頃、一度、パトロンの一人に——そいつは大学の建築工学の教授だったけれど——すすめられて女性ホルモンを試したの。知りあいの医者がいるというので、五、六回注射をしてもらったんだけど、その時にこれだけ膨らんだの。これぐらいだったら服を着てればわからないから、消えないようにときどきホルモンを服用しているんだけど、社員旅行で温泉や海水浴なんかには行けないわねぇ」

なるほど女性ホルモンを投与しているのなら、なめらかな白い肌をしているのも、全身から女らしさが匂いたつのもわかる。

マミの説明を聞きながらブラジャーのホックを外して胸を解放してやった。

「ここも女の子そのままだ」

ホルモンの影響は、男性の退化した乳首を、再び女性の乳首ぐらいに膨らませていた。つまり男が吸いつきたくなる本能を刺激されるほどに。

舜はごく自然に、少女のようなふくらみの頂点に勃起している薔薇《ばら》色の乳首を唇で咥えた。吸った。軽く歯を立てた。舌で舐めてやった。

「ああ、あう、うー……ッ！」

マミの体が弓なりに反り返り、下腹が舜のものに押しつけられてくる。

「驚いた。感じるおっぱいなんだ」

舜が言うと、マミは恥じらうようにして答えた。

「そうなの。ブラジャーをしても、カップと擦れるだけで勃起してきちゃう。ああ、うーん」

乳首を吸われるマミは甘く呻きながら黒いガーターベルトとストッキングを着けただけの裸身をくねらせる。彼女の手は舜の股間をまさぐり、その巧みな刺激で牡の器官はまた充血し始めた。

「嬉しい、もうこんなにコチコチ。ねえ、しゃぶらせて……」

マミは体を反転させて仰臥した舜の股間にまた顔を埋めてきた。

（うう、たまらない、何てうまいんだ、こいつ……）

屹立した器官が温かい唾液で満ちた口腔に飲み込まれ、舌がからみつき、唇が締めつけてくる。腰がとろけ、魂がそこから吸いだされてゆくような錯覚をおぼえるほどマミのフェラチオは情熱的で超絶した技巧のものだった。

少年時代に叔父夫婦の性的玩具にさせられ、大学時代は教授はじめ多数の好き者パトロンたちの愛玩物として、あらゆる性戯を体得させられたマミにして可能な技術に違いない。

シーツの上で身をよじる舜の眼前に、覆いかぶさる姿勢でいるマミの下腹部があった。その無毛の股間では男性の欲望器官が力を取りもどした姿形で揺れていた。

見るからに弾力性のある特殊合金で射出成型されたような、ひどく無機的な印象の強い赤銅色の肉茎である。

睾丸に至るまで一毛もなくツルツルに除毛されているせいで、金属的な印象が強いのだろう。怒張しているせいでどの部分にも皺もなく、包皮は翻展して亀頭は完全に露出していた。まだカウパー腺の浸出はないが、亀頭粘膜は赤みを帯びたピンク色でその清潔な感じは見るからに新鮮だった。

舜はこれまで自分に同性愛的な要素はこれっぽっちも内在しないと思っていた。同性の肉体や、まして性器に関心を抱いたことはなかったし、今後とも永久に抱くことはないだろうと。

だが、今、自分の目の前で勃起しているマミのペニスは、不思議に彼を惹きつけずにはおかなかった。

女性の乳房や性器を前にしたら、触れ、撫で、まさぐらずにはいられなくなる引力が、いま舜にも働いていた。

(触ってみたい)

ごく自然に手を伸ばし、驚くほど熱く、ズキンズキンという脈動を伝える、少し湿りを帯びて硬い肉の茎部を摑んだ。その逞しい感触は悪いものではなかった。

(おれがこんなに楽しませてもらっているのだから、お返しだ)

そう思ったのかどうか、気がついた時にはさっきと同様にしごきたてていた。

「ああ、いい」

夢中で舜の怒張を頰張りしゃぶりたてていたマミが、思わず口を離し、甘い、驚きの声を洩らした。

気がついた時、舜はそれを咥え込んでいた。

説明のつかない衝動のせいだ。ごく自然になんのためらいもなく口腔いっぱいに吞み込んでいた。

「嬉しい」

マミがまた歓びの声をあげた。

「いやじゃない？　私のペニスをしゃぶるなんて？」

心配そうに訊いた。彼が無理をして自分にお返しの行為をしているかと疑ったのだろう。

「いや、違う。どうしてもしたくなったからだ」

「初めて？」

「そうだよ」

「だったら、私がするから、そのとおりに私にしてくれる？」

ここは自分がリードするというのだ。

「わかった」

「じゃ、口を離すまでの間がひと区切りね」

マミは唇と舌と歯による刺激をひとつひとつ、順を追うようにして舜の屹立した器官に与えていった。最初は簡単な舐める、吸う、甘く嚙む、舌でつつくという行為がしだいに複雑なものになってゆく。

舜はそのレッスンを心から楽しんだ。

自分が与えられただけの同じ快楽を返していくと、自分の上のたおやかな体が反応する。それは自分が味わったのと同じ量と質の快楽なのだ。相手がどのように感じているかは推測するしかない、女体に対するシックスナインの行為とはまったく違った相互愛撫の形式だった。

（これは……夢みたいだ）

二人とも既に一度射精しているから余裕があり、マミのリードは巧みなものであったから、舜は同性のペニスを舐めしゃぶる行為を心の底から楽しみながら、自分もまたかつて味わったことのない、魂まで溶けて吸われていくような快美な感覚を長い時間、享受することができた。

「ああ、最高だわ……」

やがてマミがうわずった声でねだった。

「ねえ、入れてくれる？」

その誘いを予期していた舜は、臆することなく応えた。

「ああ。だが、初めてなんだ」

「女の子とも？」

「うん」

「大丈夫。私がリードしてあげる。おんなじよ、女のおま×こと。入口が少しきついだけ。私のここ、シャワ浣《かん》しているからきれいだけど、コンドームを使ったほうがいいわね。これ、ゼリー。周りに塗って」

ゴムの皮膜を怒張にかぶせてやってから、マミはシーツの上にうつ伏せになり、白い、輝くような双丘を少し持ち上げるようにした。

シャワ浣とはシャワーの水流を勢いよく肛門に噴射させて直腸までを洗浄してしまう簡易的な浣腸のことだ。舜は自分の目で菊襞の肉弁が非常に清潔であることを確認した。さらに少年時代から男たちに犯され続けてきたにしては、歪みも少なく、健康そうな外見を呈していることも。これまで接してきた風俗店勤めの女性たちと比してもなんの遜色もないアヌスだ。

（しかし、おれは何をしようとしているんだ……）

さすがに考えないでもなかった。同性のペニスを口で刺激し、最後はアヌスを犯してやるとは、先刻まで夢にも思わなかったホモセクシャルな所業である。単なる一場の遊戯ではすまない、ある決定的な一線を自分は越えることになるのだ。

（かまうものか。毒を食らわば皿まで、だ）

剥きだしの臀部を淫らにうねらせて自分を誘っている美しい生き物。今の状態で相手が男性であろうが女性であろうが、舜はどうでもいいような気がした。

臀部の谷間を広げてアヌスに潤滑用ゼリーを塗り込めてやる。

「いいわ、来て」

右手を股間から背後に回し、指で舜の怒張を摑み、巧みにしごきたてて欲望を煽《あお》りながら、マミが甘く囁いた。

「いくぞ、マミ」

舜は菊襞の芯にいきりたつ肉槍の穂先をつけた。

「ゆっくりよ、お願い。あう……、そう、そこ……、もっと来て」

抵抗は驚くほど少なかった。女の膣口から押し入るのと大差はなかった。

「入った。ああ、感じる……。舜の逞しいの。嬉しい。来て、楽しんで」

マミは両手でシーツを鷲掴みにして身悶えしながら、決して苦痛ではなく快楽の呻き声を洩らした。

(これは……、女の膣より具合がいい)

奥深くまでマミの直腸を犯し、ゆっくりと抽送しながら初めての肛門性交による快美を味わいながら、舜はまず驚嘆した。

「アナル・セックスは必ずしもよくない」と、性の通人は言う。それは締めつける部分が肛門括約筋による部分だけで、一度挿入してしまうと直腸はペニスに対して余裕があり過ぎるため、緊縮感が味わえないからだという。

しかしマミの肉孔はその先入観を完全に裏切ってくれた。肛門部の締めつけはもちろん、直腸におさまっても彼の肉茎は膣とは明らかに違う感触の粘膜に包まれて締めつけられたからだ。

それはマミが大勢の好き者たちにアヌスを訓練されたからだろうか、女性のその部分を試してみたこともない舜には比較のしようもないことだが、膣性交と同等、いやそれ以上の快楽を味わっているのは確かだ。

男でもなく女でもない、この美しく魅力的な生き物を自分の肉槍でふかぶかと串刺しにしている高揚感を味わいながら、マミの尻を抱え込んだ舜は激しく腰を使った。

「あッ、あ、あ、あう、ああ、う、うあ、あう……、うーん、イキそう、イク、イッちゃう、ああん」

脂汗を背にねっとり浮かべたマミが頭を反らせて首をひねって、熱で潤んだような目を自分の肛門を犯している男へ向けた。

「お願い、洩らしちゃうから……」

穿いていたショーツでくるんで、その中に噴き上げさせてくれという。

「わかった」

すべすべしたナイロンの布で熱い、猛り狂うような肉茎をくるんでしごきたててやると、臀部をうねりくねらせていたマミは、たちまち絶頂に達した。

「イク、イク、ああ、マミ、イキます……うッ！」

彼女が射精する瞬間を、舜は自分のペニスで感じることができた。ギュギュッと先端部から締めつけられる緊縮感があって、びくびくと下肢に震えが走り、腰がズンズンと躍動した。

「む、ううう」

うなり声と同時にショーツにくるまれた肉がぶるぶると震えた。ビクビクッという不規則な脈動がして、熱い牡のエキスが噴射された。ねっとりした液が吐きだされ、その熱を舜は掌に感じることができた。

マミの射精による緊縮が舜の引き金をひいた。

自分も声を放ちながら腰を強く臀肉に打ちつけていた。ドクドクッと勢いよく噴射が始まり、その瞬間、舜の頭は真っ白になった。

「お、お、あおうッ！」

彼が正気に返るまで時間がかかった。

（マミの体がこんなにいいものだとは……）

しばらくの間、自分同様にぐったりと伸びている美しい生き物の直腸にペニスを挿入しながら、舜は一抹の危惧を覚えていた。

（これは、癖になる……）

——その夜、明け方まで二人はベッドで絡みあった。

こうして舜は、マミという類《たぐ》い稀な性愛のパートナーを得たのだった。

しかしそれは、あくまでもセックスの遊び相手としてのパートナーで、決して恋愛感情というものではなかった。

舜も自覚していたが、それは彼が本来、異性愛の人間だからだ。舜が昂ぶるのはマミが限りなく女に近い魅力をもつ男性だからであり、結局は女性の代替物として楽しんでいるのだ。

それはマミも同様で、バイセクシャルとして両方の性を相手として楽しめる生き物は、男としての正巳に立ち戻ると、舜に興味をなくしてしまう。二週間ぐらいはマミは拝島正巳という完璧な男に立ち戻り、舜を必要としなくなる。祐希のような女子高生や街でナンパする女たちを相手に男として振る舞う。

そういう生き物を相手に、恋愛は不可能だ。逆にいえばSMの遊び相手としては気がラクだとも言える。

舜は以来、半月ごとにマミというマゾ性の強い女になった正巳と過激な性愛遊戯を楽しんできた。

「悩んでしまうのよねえ。ふだんは男でいなきゃならないから、女の周期に入ると男の服を着るのがイヤでたまらなくなるの。でも男の周期に入ると、女装の意欲はストンと落ちてしまう。まるで二人の人間が一つの体の中にいるんだもの」

一種の二重人格というしかない。

そんなある日、マゾ女のマミとして舜に抱かれたあと、彼女は言ったのだ。

「舜、私の頼みを聞いてくれる？　もし私が突然死んじゃったりしたら、私のベッドの下の二個のスーツケースを隠して欲しいの。処分はあなたに任せる。捨ててもいいし焼いてもいいし、使えるものは使ってもかまわない。でも、私と舜以外の第三者、特に私の関係の人たちの目には絶対に触れさせたくないの。わかるでしょ？　お部屋の鍵はメーターボックスの裏に貼ってあるから、いざという時はそれを使って。お願いね……」

第五章　レイプ・プロジェクト

真夜中になった。

舜はこっそりと隣の正巳の部屋に入り込んだ。

マンションの構造上、正巳と舜の部屋の行き来は他の部屋からは監視しにくい。

廊下が曲がっていて、その曲がり角からこちらには三室しかなく、他の一室は昼だけ事務所に使っているからだ。このマンションの住人で舜と正巳が、ある時期、頻繁に互いを訪問していたと知る者はいないはずだ。

ベッドの下には、二個のスーツケースがちゃんと収まっていた。

それらを持ちだす前に、舜は他の部分も調べた。自分が正巳と倒錯した性的な関係をもっていたことを誰にも知られたくなかったからだ。その証拠となる日記のようなものが残っていたら困る。

机の中や本棚には、そういうものは見つからなかった。

（あるとすればパソコンだな）

最近は日記をワープロやパソコンで書き、印刷しないままデジタルデータとして保存しておく人間が多い。そこで机の上のパソコンを起動してみた。

ハードディスクの中にも、日記のような文章は入っていなかった。だが、おかしなことに気がついた。

（デジタルカメラで写した画像はどこだ？）

彼が撮影したものを含めて大量の記録があるはずだったが、不思議なことにハードディスクの中には一つも残されていない。

（インターネットも、やるつもりだといっていたのだが……）

一応、モデムという電話回線につなぐための機器はついていたが、通信ソフトが見当たらない。これではデータのやりとりは不可能だ。

忙しかったのか、正巳はインターネット上でパトロンや遊び相手を探す試みは中断していたようだ。すぐ傍《そば》に舜というパートナーを得たのだから、それほど切実な要求ではなくなったからだろうか。

いろいろパソコンの中を調べてみたが、正巳の隠された性生活について記されたようなものはどこにも見当たらなかった。

（ともかく、ここにはおれに関する記録はないということだ）

舜はそう確信して、正巳の二つのスーツケースを自分の部屋に運び込んだ。

（さて、こいつをどうしたものか……）

正巳は「好きなように処分してくれ」と言った。要するに関係者の目に触れなければいいのだ。

（おれの部屋に置いておくのも問題だ……）

彼だって正巳同様の運命が待ち構えているかもしれない。万一の事故などで、死にはしなくても怪我で入院などしたら、身内の人間がここにやって来ないとも限らない。そこに女装用品があったりしたら、驚き呆れるだろう。

かといって身の回りに女装用品を必要とするような知りあいはいない。

（機会を見て少しずつ捨てるしかないか）

ともあれ、中身を確かめておこうと、舜はスーツケースの蓋を開けた。どちらも三桁の数字を合わせる錠がついていたが、開く状態で蓋が閉められていた。

大きいほうのスーツケースを開けてみた。

中には女ものの衣類が詰まっていた。スーツやワンピースなどの洋服が数着に、あとは下着の類いだ。

もう一つのスーツケースを開けた。

こちらは化粧道具、SMプレイの道具などが入っていた。縄、手錠、ボールギャグ、革製の下着、大小のバイブ……。

(え?)

最後に、ベージュ色したプラスチックの平たいケースが出てきて、舜は驚いた。

(こいつはMOドライブだ)

パソコンに用いる記憶装置で、光磁気を利用している。フロッピーディスクのようにメディアと呼ばれるMOディスクに収めて持ち運びできるので、大量のデータのやりとりに便利だ。

(そうか!)

なぜ正巳のパソコンの中に、日記や画像の類いが入っていなかったか、その理由がわかった。正巳は他人に見られるのを恐れて、全てをこのMOディスクに別に記録して、ドライブ装置ごと隠していたのだ。

(それにしても厳重な……。女装とマゾの趣味ぐらいでここまで隠したがるとは)

いちいち装置を外してスーツケースに収め、それをベッドの下に隠していたのだ。面倒なことだったに違いない。

（見てみるか……）

正巳のパソコンと舜のとは、機種が同じだ。

（しかし、これだけ秘密にしていたことを覗くのも、果たして許されることなのか）

ためらう気持もあったが、その正巳はもはやこの世にいない。

（おれのことも記されているだろうし、画像だってあるのだ。見る権利はあるだろう……）

やはり正巳が、いったいどんな人間だったのか興味がある。彼は好奇心に負けてMOドライブを自分のパソコンに接続した。これを稼働するには装置に付属したドライバーソフトというのが必要なのだが、それはメーカーがインターネット上に開いているホームページからダウンロードしてきた。

三十分後には、MOドライブを起動させてディスクの内容を読み込む準備ができた。

（さて、鬼が出るか蛇が出るか……）

故人とはいえ、他人のプライバシーを暴く行為に後ろめたさを覚えながら、舜は正巳が隠していたMOディスクを挿入した。

カチカチと機械音がして、パソコンがディスクの内容を読み出し始めた。

ディスクの中には、文書ファイルと画像ファイルが収録されていた。

文書ファイルは『Sの日記』『Mの日記』と『Rプロジェクト』なるファイルに分かれていた。

画像ファイルは日付ごとに数十のファイルに分かれている。

覚えていた日付のファイルを開くと、初めてマミの緊縛姿を撮影した時の画像がモニター画面に表示された。

黒いミニスリップ、黒いストッキング姿で後ろ手に縛られたマミの、妖艶な姿態が次々に表示されてゆく。

（マミ……）

たちまちどッとばかりに記憶が甦る。

しばらくの間、舜は画像ファイルを次から次へと開いていった。画像ソフトのスライドショーという機能を働かせると、パソコンは自動的に大量の画像ファイルを一定間隔で表示してゆくので、舜は見たいものだけを見るために時折一時停止のボタンをクリックするだけでいい。

画像ファイルの最初は、舜がマミと知りあう数日前から始まっている。

デジタルカメラを買った日からだ。

マミがさまざまな衣装を着けて映っている。

ベッドの上であられもない姿で自慰をしている、セルフタイマーで撮影したショットも多い。鏡と同様、デジタルカメラはマミにとってナルシシズムを満足させるための道具だったのだ。

舜がパートナーになってからは、緊縛や愛撫、交合シーンを写したショットが増えていった。

マミを下着姿で緊縛しフェラチオさせながら鏡に向かってデジタルカメラのフラッシュを焚《た》いている舜の姿も多い。中にはマミが撮影して舜の顔がハッキリ映っているものもある。

(これが親族や警察の目に触れたら……)

それを思うと顔が赤らみ冷汗が流れた。

彼がもう一人の正巳と情痴関係にあったことが露見したら、どういうことになっただろうか。

この中にはマミの求めに応じて鞭をふるっているところ、巨大なディルドオで残酷に肛門をえぐっているところも映っている。知らない人物が見れば、舜はひどく嗜虐《しぎゃく》的な倒錯性欲者に見えることだろう。

(スーツケースを持ちだしておいてよかった……)

思わず安堵の息をついた。同時にここまで用心深く秘密を隠しておいた正巳の深慮に感心した。

モニター画面にはさらに淫らな画像が映っていた。

いっとき舜に責められる姿が続くと、今度は自分が女性を犯している画像が続く。

マミが消え、サディストとしての正巳が活躍し始めるのだ。

祐希もいるが、ナンパしたらしい女の子や、多分SMクラブで撮影したらしい、M女を本格的な装置の中で責めている姿もある。その時の正巳はほとんど全裸だが、無毛の肉体は少しふくらんだ乳房のせいもあって、化粧もしていないのに女らしい。

マミの時に舜が行なった責めが、女性を相手に同じパターンで繰り返されているのが興味深かった。

舜はSM愛好者ではあったが経験は少ない。だからマミを責める時はいつも彼女の希望に添うようにしていた。

(つまり正巳＝マミはぼくを代理人として、自分で自分を責め、責められるプレイを楽しんでいたことになる)

それがだんだんわかってきた。

(おれは道具だったのだな)

少し悲しい気持がした。

（だが、まあ、マミだっておれに楽しい思いをさせてくれたわけだから、恨むのは筋ちがいか……）

気を取り直して画像ファイルを閉じ、今度は文書ファイルを開けてみた。

『Sの日記』は、サディストである時の正巳の行状で、『Mの日記』はマゾヒストであるマミの行状だった。二つの人格は正確に二週間ごとに交替していた。

マミは「満月の頃にSのピークを迎え、新月の頃にMのピークを迎える」と言っていたが、そのとおりだった。一週間ほどの性欲の弱まる周期があり、徐々に反対の性向へと精神が反転してゆく。

（これは……精神科医が見たら興味を抱くだろう。学術論文が書ける）

多重人格というのは、ある瞬間にガラリと違った人格に変わるのだが、正巳＝マミの場合はそれがオーバーラップしながら徐々に入れ替わってゆく。しかも社会的存在である拝島正巳というのは常にSの正巳とMのマミを支配している。

（これは非常に複雑な精神状態だぞ）

少年時代、叔父が彼を女装のマゾヒストとして屈服させ、自分の妻に対してはサディストとして振る舞うように強要した結果、正巳の中で男と女、サディストとマゾヒストの人格が分裂してしまったのだろうか。

マミの日記を見ると、舜とつきあい始めてからは、彼女は他の男性を探すようなことはしていない。それが救いだった。インターネットでパートナーを募集するという試みを中断したのも、舜だけでMの欲望が充足されたからだろう。

そのかわり、Sの正巳に反転した時は特定の女性パートナーがいなかっただけに、相手は多彩を極めていた。

だが、途中で不思議なことに気がついた。

三ヵ月前からSの正巳の記録がぷっつり途切れているのだ。

(これは……どうしてだろう?)

また画像ファイルに戻ってみたが、やはりSに関してのファイルは三ヵ月前から存在していない。

(こんなはずはない。Sの正巳が何もしないでいたとは信じられない)

だとすれば、その記録は残された『Rプロジェクト』の中にあるのではないか。

舜はそのフォルダをクリックして開いてみた。

(これはハイパーテキストだな)

指定されたソフトが、文書、画像、音声を同時に扱えるオーサリング・ソフトだったので、舜は驚いた。彼とつきあって半年以上になるが、こういったソフトを使って複雑な構成のハイパーテキスト文書を扱っているとはまったく気がつかなかった。

（いったい何なのだ？　この『Rプロジェクト』とは……？）

これだけが日常の個人的な記録から切り離されているのがわからない。

ためしにファイルの最初の部分を開いてみた。

いきなり建築設計図が表示された。

『聖美学園女子大学学生寮（仮称・友愛寮）設計図面』とある。

開いても開いても、こまごまとした図面と表の連続である。この夢見山市の西側にそびえる夢見山という小高い丘陵の南麓に聖美学園女子大のキャンパスがあるが、これはその中に建てられた学生寮らしい。

設計したのは、正巳が勤めていた設計事務所で、監理も行なっている。

（なんだ、仕事に関連したファイルなのか）

拍子抜けしてしまった。

だが、そういう公式な図面がどうして個人的な秘密を保存するMOディスクにわざわざ移動されて保管されているのだろうか。確かこういう記録はハードディスクには入っていなかったはずだ。

（何か、ある）

そう思いながら図面を次から次へと開いてゆくうち、赤い線がところどころに描き込まれているのに気がついた。原図には色を使っていないから、それを描き込んだのは正巳に違いない。

『学生寮北棟、平面配置図』というのが、その図面だった。

細長い建物の中央に廊下が走り、左右に個室が並ぶ。バスルームも付属しているので、ちょっと見るとホテルの設計図にも思える。それが二階から五階までの四枚ある。

(これが学生寮……？　かなり豪華なものだな)

感心しながら見てゆくと、ところどころの部屋に赤い丸で印がほどこされている。

不思議なことにみな西側に面した部屋だ。

(ひょっとしたら、これはリンクボタンか？)

直感が働いた。マウスを動かして画面上の印にポインタを合わせ、クリックしてみた。思ったとおりだった。

いきなり右半分に新しい画面が表示されたのだ。

ファイル名は《北棟五一一号室・椎名《しいな》桃子《ももこ》》

(これは、この部屋にいま入っている女子学生のデータだ！)

いったいどうやってそんな情報を得たのだろうか。

気がつくと、北棟五階だけで十個の丸印がつけられている。中には赤ではなく青の印もあった。二個。

一つをクリックしてみた。

《北棟五一四号室・香野智美。

国際関係学部二年生。

容貌A肉体A。

生理周期確認。非処女らしい。

十二時には就寝。規則的。

候補A》

もう一つをクリックしてみた。

《北棟五二〇号室・神将愛子。

家政学部一年生。

容貌A肉体B。

生理周期確認。処女。

一時には就寝。規則的。頻繁にオナニーをする。

候補A》

愕然としてしまった。

(この子たちの生理周期から処女、非処女まで、どうやって調べたんだ?)

ふと思って名前の部分をクリックしてみた。

香野智美の写真が表示された。

水着姿で海岸にいる。友達と写したスナップなのだが、智美の部分だけ拡大されて取り込まれたものだ。

(うーん……)

切れ長の理知的な容貌をもつ美人だ。正巳が容貌肉体ともにAクラスとしたのはわかる。

丸印のついた中で、写真が表示されるものは、香野智美の他は神将愛子だけだった。

添付されていたスナップ写真らしい画像を見ると、こちらはふっくらとした肉体に愛らしい容貌の持ち主だ。この子がオナニーに耽るなどと言われても信じられない清純さが匂いたつ。

謎はますます深まった。

なぜ正巳は『Rプロジェクト』のファイル名で、自分が勤める設計事務所が設計・監理した聖美学園女子大の学生寮の設計図をハイパーテキスト化したのだろう?

その図面のあちこちに記されている赤い線は何を意味するのか。

丸印をつけた部屋にいる女子大生の個人的なデータをどうして入手できたのか。

香野智美、神将愛子という二人の女性だけ特に写真が添付されているのはなぜか。

（うーん、これは大がかりなことになるぞ）

ハイパーテキストというのは、一つの項目が別の項目に、文書、画像、ムービー、音声の区別なしにリンクという形で有機的に組み合わされている。

紙の上に記されているデータは二次元情報だから、紙をめくってゆけば必ずすべての記載情報を閲覧できる。

ハイパーテキストの場合はデータが三次元的な網の目のようにつながり重なりあっている。全体的な構造は第三者にはわからないから、この網の目構造のどこにどんな情報が隠されているかは、極端に言えば作成者にしかわからない。

それから長い時間かけて、舜はリンクを辿り、このハイパーテキストが作られた目的を知ろうと格闘した。

やがておぼろげな姿が浮かびあがり、最後に辿りついた『Rプロジェクト実行日記』というファイルによって、遂に全容が解明された。その時、夜はもう白みかけていたが、舜は時間の経過を忘れていた。

（何ということだ……。これは奇想天外なレイプ計画じゃないか！）

Rというのは、RAPEの頭文字をとったのだろう。

――『Rプロジェクト実行日記』は、最初に出てくる設計図の、設計事務所の電話番号にリンクされていた。まさかそんなところにリンクボタンが隠されているとは、よほどのことがないと気づくものではない。あらゆるリンクボタンを表示させて、最後に見つかったのがそのボタンだった。

そこをクリックすると、文書ファイルが開いた。

《＊月＊日　侵入作戦の立案は完了。偵察作戦を開始。とりあえず夜、キャンパスのぐるりを巡回、寮の下見を行なう。夢見山公園展望台まで登り双眼鏡で観察すると、各部屋は早いところで十時に消灯、遅いところで二時ごろまで明かりがついているが、大半は真夜中に消灯する。……》

三ヵ月前、そうやって書き始められた日記は、まさに一編の冒険小説だった。いや、これはフィクションではない。美女をレイプするために、若い建築設計技師が考えに考え抜いた秘密の作戦のドキュメントなのだ。

女子大のキャンパスの中に建てられた男子禁制の女子寮『友愛タワー』をターゲットにするというのからして奇想天外だったが、正巳にはちゃんとした理由があった。

彼自身がその女子寮の設計に参加したのだ。

もちろん基本設計にはタッチしていない。彼の専門は設備工学だから、内部に設置される給電、給水排水、空調などの各種設備工事の設計と施工の監理が任務だった。偶然、彼の住まいが施工現場に近いということも指名された要因だったらしい。もちろん工期中は現場に日参することになるから、現場は住まいに近ければ近いにこしたことはない。

さっそく図面に目を通して、正巳はあることに気がついた。

この寮は集中冷暖房だから、各階の天井に冷暖房された空気を送り込むエアーダクトが這わされている。それと同時に、各室にバスルームが付属している関係で、給排水、給湯の配管がエアーダクトに沿うよう引き回される。

すべての配管は建物地下の機械室に端を発している。ここに空調用のボイラー、冷房機、給水ポンプ、給湯ポンプが置かれているのだ。

ここから屋上の塔屋まで太いパイプスペースが垂直に立ち上がっている。中は空洞で屋上から地階まで完全な吹き抜けだ。その中をエアーダクトの本管と各種の配管が走っている。

このパイプスペースには機械室からはもちろん、屋上の塔屋、各階の専用扉から作業員が入ることができるようになっている。狭いスペースだがちゃんと垂直の鉄のハシゴが打ちこまれているのだ。

勝手を知ったものなら、機械室に入り込めさえすれば、この吹き抜けのパイプスペースを伝ってどの階にでも行けるわけだ。

エアーダクトは各階ごとに北端から南端まで抜ける中空の角型パイプだ。これは各階に枝分かれする部分に点検口があり、清掃や補修のために中に入りこめる。

もちろん正巳は設計を担当した本人だから、設備の構造を熟知している。太さは人間が這って進めるほど。中で暴れたりしなければ人間の荷重に耐えられる吊り強度をもっている。

(この中に入りこめれば、どの部屋にも行けるぞ)

正巳はこの配管構造を見たとたん、学生寮が完工した暁にレイプ魔となって女子学生の個室に侵入することを思いついたのだ。

以来、若い建築設計士は、計画の実現に向けて着々と手を打ってきた。

まず機械室と塔屋の扉の鍵の複製を作っておいた。自分が現場に出向いて工事を指導するのだから、鍵を持って歩いても誰も不思議に思わない。設計事務所の人間が工事段階から鍵の複製を作るなどと疑う施主はいない。

問題はエアーダクトから室内に入る部分だ。各部屋の空気の吹出口は基本設計で人間が入れないほど狭くされてしまった。部屋のすぐ傍まではエアーダクトの中を這ってゆけばいいのだが、そこから先がダメだ。

(だとしたらどこかに侵入できる点検口を作ればいい)

点検口とは天井や床の配管や換気扇、エアーダクトなどの点検や修繕のために作業員が覗いたり体を入れることのできる、蓋のついた開口部である。ふつうは浴室の天井や水回り部分の壁パネルに開けられる。

設備部分の細かい設計を任せられた正巳はとんでもない部分にエアーダクトと各種配管共通の点検口を設ける案を提出した。

これには舜も唸ってしまった。

誰もそんなところにそんなものがあるとは思わない部分、そこに人間が出入りできるほどの大きさの点検口を作ってしまったのだ。

たぶん、上司たちは驚いたことだろう。もちろん可否をチェックされたはずだ。

だが、そこに点検口を設けると、空調のみならず給水、給湯、排水関係に問題が起きた時、実に作業がしやすい。単に覗くだけの点検口よりも人間が入って作業できる点検口のほうが望ましい。正巳はそう説得したのだろう。実際、最近の集合住宅では配管の交換やメンテナンスが容易にできるようにと作業空間を広くとる傾向が強い。

結局、そこに点検口を設けることが認められた。だが上司たちもバカではない。そんなところから外部の人間がエアーダクトの中を伝って侵入してくる、万が一の可能性を考えたのだ。

だからエアーダクトが垂直部から枝分かれして各階の天井に水平に入りこんでゆく部分には、鉄の格子を嵌めさせた。これで、もし誰かがエアーダクトに入りこめたとしても、横の移動が不可能になる。

格子の設置については、正巳の計算違いだった。これがある限り、せっかく機械室の鍵を手に入れても意味はない。

そこで正巳は知恵を振りしぼった。そして格子を突破する方法を編みだした。

ここでも舜は舌を巻いた。

(そんな手があったのか！)

——天才的な発想で格子の問題をクリアした正巳は、『友愛タワー』と名付けられた女子学生寮がオープンし、若い娘たちが入居してくる日を手ぐすねひいて待ち構えたのだ。

竣工した建物は、最初のうち、いろいろな不具合が発生する。正巳の担当した設備工事関係でも、数日おきに『友愛タワー』から呼ばれる小さいトラブルが続発した。正巳は監理責任者として必ず駆けつけた。寮の警備体制を確認するためだ。

その結果、館内に入るには二段階の関門を突破しなければならないことがわかった。

職員以外の人間がまずキャンパスに入るには、通用門からガードマンが常駐する受付を通過しないといけない。ここで来客名簿に氏名と目的、学園側の面会者名、退出予定時刻を記入、来客用の番号入り名札をもらう。この時、工事関係者で何度も出入りして顔なじみになっていても、必ず身分証を提示し、ガードマンは面会者に連絡してこの人物を通していいかどうかを問い合わせる。

もし、退出予定時刻になっても名札が返還されない場合は、ガードマンが探しにくる。素知らぬ顔をして留まるというわけにはいかないのだ。

さらに『友愛タワー』に入るのは困難が伴う。何せ二百五十人からの年ごろの娘たちを預かるわけだから、学園側も外部からの侵入には神経を尖らせる。

『友愛タワー』の玄関は一つで、そこの受付には昼間は寮長か副寮長がいていちいち出入りする人間をチェックしている。夕刻からは女性警備員が門限の十二時まで詰める。やはりガードマンとはいえ男性は近寄れないのだ。

いろいろ考えた末、正巳は次のような侵入方法を考えた。

男性の格好で侵入は困難と見極めていたから、正巳は最初から女装し、女子学生になりすまして昼間、校門から学園に入ることに決めた。

学園側も男性に対しては厳しいチェックを行なうが、女子学生に対しては一人ひとりチェックするようなことはしない。

ただ、六時を過ぎると校門は閉じられ、学園の中はトイレの中まで一つひとつ確かめるパトロールが行なわれる。だから六時までになんとか『友愛タワー』に入り込まないといけない。

寮の玄関はもう少しチェックが厳しい。真夜中の十二時までガードマンが張りついているのだ。ただ、彼女たちも明らかに部外者とわかる、業者などの出入りに神経を尖らせるが、女子学生には警戒の目を向けない。だとしたら何人かの女子学生が出入りする時、その中に紛れこめばチェックの網をかいくぐれるだろう。ガードマンは寮生一人ひとりの顔まで判別できないし、寮生同士も二百五十人全員の顔を覚えてはいまい。

あとは地下の機械室に行き、鍵を使って入り込めばいい。機械室は機器に異常がない限り無人だし、誰かが来ても、パイプスペースに入ってしまえば大丈夫だ。

最後の問題は退出だった。

レイプを終えたあと、どうやって出るか。

機械室に戻っても、深夜、寮の玄関は施錠されて抜けられない。開くのは朝の五時だ。だが出入りの少ない時刻に女性警備員の前を抜けると怪しまれる。寮生たちが授業に出る時刻、紛れて出るしかない。

ずいぶんと無謀な計画のようだが、正巳はこの計画どおりに二度、侵入を果たしている。女装すればどこから見ても若い娘に変身できる特技があったればこそだ。

二度目は狙いをつけた女子学生、香野智美を襲い、彼女の若い肉体に朝まで凌辱の限りを尽くすことに成功したのだ。

では、香野智美というターゲットはどうやって絞られたのか。

それは根気のいる偵察行動の成果だ。

『友愛タワー』の建設中から現場で工事を指揮していた正巳は、寮の背後にそびえる夢見山に注目していた。

標高二百五十メートルのその山は、かつてこの地方を治めた豪族の城砦が頂上にあったということもあり、この夢見山市のシンボル的な丘陵だった。

西側に控えた山岳地帯はもっと高いが、この山だけが平野部に岬のように突出していて頂上に登ると四囲の視界は抜群だ。

城砦の跡は後に陸軍高射砲部隊の陣地とされたが、それらは戦後とり壊され、今は一帯が市立公園となり、特に頂上部分には展望台や広い芝生が整備され、市民の散策やピクニック、さらには深夜のカーセックスの場として親しまれている。

（展望台からなら、この寮の西側の部屋は覗ける）

直線距離にして一キロ以上は離れているが、彼は二十倍という高倍率の双眼鏡を買い、一度、展望台から寮のほうを見てみた。部屋の中の人間の顔は表情がわかるほどまで拡大されて見えた。

（よし、ここから獲物を探そう）

竣工した寮に女子学生が入居し始めると、SとMの中間の時期、正巳は根気よく公園の展望台に通った。彼は自分で小型車を持っていたし、マンションからなら十分ぐらいの距離だ。しかも春から夏にかけての暖かい時期、夜間、吹きさらしの展望台に立つのも苦にはならなかった。

そうやって毎夜、偵察を続けているうち、十人ほどの娘たちに目星がついた。彼女たちが夜、どんなふうに暮らして何時頃眠るか、それまでわかるようになってきた。だんだん候補は絞りこまれてゆき、ターゲットは二人になった。

スレンダーとふくよか、聡明さと可憐さ、対照的な肢体をもつ美しい娘たち。それが五一四号室の香野智美と、五二〇号室の神将愛子だった。

なぜ彼女たちの名前までわかったかというと、夏休みの間、正巳は最初の、予行演習的な侵入を敢行したからだ。

夏休みになるとほとんどの寮生が帰省し、食堂も一時閉鎖される。寮長も旅行に出掛けたらしく、警備体制が緩くなっていることを知ったからだ。

女性警備員も毎日顔ぶれが変わるようで、寮生の出入りにあまり注意を払わなくなった。

寮が開いて以来、何の事件も起きなかったせいもある。だからテニスウエアを着て、頭にヘアバンドを巻いてマミになった正巳がラケットを抱えて目の前を通り過ぎても、正門前のガードマンも寮の女性警備員もまったく気にしなかった。

やすやすと館内に侵入した正巳は、智美も愛子も帰省しているのをいいことに室内に入り込み、彼女達の持ち物すべて、手紙や日記の類いまで目を通してきた。

その時に携帯電話の番号まで知ることができた。しかも、室内に盗聴器を設置することまでやってのけた。使っていないコンセントに差し込み、室内の物音を電波にして半永久的に飛ばす装置だ。盗聴装置についての専門的な知識がなければ発見しにくい高性能のものである。

香野智美、神将愛子が部屋で何をしているか、どういう生活のサイクルかは、この盗聴装置を聴くことによってだいたい察知できた。ベッドに入ってからの悩ましい呻きと喘ぎ声から、愛子のほうがオナニーの常習者であることまでわかった。

その逐一は、『Rプロジェクト実行日記』の最後のほうに詳しく記されていて、その時にデジタルカメラで撮影した画像までが添付されていた。

その記録は次のようなものだった。

第六章　粘膜の摩擦音

《＊月＊日》

いよいよ第一次R作戦を開始する。午後四時、女子学生の格好で正門を通過、友愛タワーの前でしばらくブラブラして数人の寮生が来るのを待ち、紛れこんで館内に入る。これは偵察作戦の時と同じだから、特に緊張はしなかった。

ロビーに人影がなくなったのを見計らって地下へ下り、機械室に入る。パイプスペースのハシゴを昇り、塔屋まで出る。扉の内側で軽食をとり、徹夜に備えて仮眠。

深夜一時、作戦を再開。五階エアーダクト点検口からダクトに入る。格子はこの前と同様に簡単に突破。服とオイルは残し、ペンライトだけを持ち、デジタルカメラ、ガムテープ、手錠、ナイフ、コンドーム、一メートルの麻縄の入ったストッキング袋だけを腰につけて五一四号室の点検口に到着。吹出口から室内を窺うとターゲットの香野智美はすでに熟睡していた。ナイフの刃先で点検口を開け、室内に入る前にストッキングを頭からかぶる。

制圧は頭の中で何度も繰り返して練習したとおりにいった。まずガムテープで口をふさぎ、うつ伏せに転がして両手を後ろにねじ上げて手錠をかける。最後に足首を縛り制圧は何の抵抗もなく完了。

目の前でナイフで枕を切り裂いて脅かす。震えあがった智美は殺されたくない一心で抵抗する意志を捨てた。

仰向けにしてパジャマをナイフで裂き、パンティ一枚に毟《むし》りとる。予想どおり生理期間ではなかった。いい匂いで頭がクラクラする。この段階で興奮はすさまじくて、動くにも勃起したペニスが邪魔なぐらいだ。

智美は犯されることを覚悟してマグロ状態をキメこもうとするのが見えみえだ。そうはさせるものか。まずほどよく膨らんだ乳房をしつこく責めてやった。これも予想どおり彼女は乳房が弱点だった。口をふさがれた顔を真っ赤にして悶えていたが、そのうち目がトロンとしてパンティの上からわかるほど股が濡れてきた。

今度はパンティの上からクリトリスを中心に揉んでやると、智美はあっけなくイッた。ぐったりしてハアハア言ってるのをうつ伏せにして尻を持ち上げさせ、スパンキングで責める。

この寮の遮音性はそうとう高いことは承知の上だから、かなりいい音をたててひっぱたいても心配ない。

猿の尻みたいに真っ赤になったところでこちらも忍耐の限度にきたので、智美によく見えるようにコンドームを着けてからパンティをひきちぎり、犬のように犯してやった。処女ではなかったがそんなに使いこんでいない膣だ。あとで白状させたところでは、オナニーの時もクリトリス中心に刺激するという。きつめで具合のいい膣を楽しむ。さかんに言葉で責めてやると、智美は自分が感じているのを知られる悔しさに泣きながらそれでも腰を動かしてくるのだ》

サディストになりきった時、正巳は冷酷でしかも狡猾な野獣と化すのは、祐希を責めるビデオを見せてもらって舜も知っているが、この日記を読むと、ほとほと感心してしまう。

殺すと脅かし、恐怖に震えおののく柔肉に牙をふるい爪で裂き、身も心もズタズタにしてゆく。しかも与えるのは苦痛と屈辱だけではない。女としての快楽も、時間をかけてじっくりと与えてやるのだ。

強姦魔に襲われて感じてしまう——これはプライドをもつ、自立した女性であればあるほど屈辱的なことだ。心を閉ざして暴虐の嵐をやり過ごせば、犯されたのは人形と化した自分であって、真の自分ではない。だが、オルガスムスを感じたとなると、話は違ってくる。自分が牡のオモチャになり下がってしまったことを、これほど否応なく自覚させてしまう反応はあるだろうか。

日記はさらに、朝までえんえんと続くさまざまな責めと凌辱の間に、才媛の女子大生が何度もすさまじいオルガスムスを味わってしまった姿を描写している。

《おれの思ったとおりだった。一度オルガスムスを与えられてしまうと、彼女の心理的抵抗は完全に消失してしまった。そうするとどんな刺激を与えられても感じてしまうようになる。刺激なら何でもいいのだ。快感だけでなく、苦痛でも屈辱でも、それが与えられると彼女の中の変換装置が働いて、それを快感に変えて脳に送り込んでしまう。

おれは祐希を実験台にしていろいろ確かめたことを、智美にも試してやった。

一度、膣の中で射精したあと、彼女は「これで終わった」とホッとした様子を見せた。おれは「これが始まりなのだ」と言って彼女を仰向けに寝かせ、デジタルカメラで犯された形跡がありありと残る、ぽっかりと穴が広がってる膣口を中心にいろいろな角度と構図で撮影した。

最初は何をされているのかわからない様子だった彼女は、屈辱と羞恥の呻き声を洩らしながら、さかんにベッドの上で暴れたが、やがて啜り泣きながらぐったりとなってしまった。

面白いもので、恥ずかしさの極限で頭がボーッとなってしまうと、今度は性的な興奮が始まる。変換装置が働きだすのだ。愛液が溢れてきて、どんどん濡れてゆく。

おれはデジタルカメラの液晶画面を智美に見せつけながら、「おまえは犯され好きの淫乱マゾ女だ。これが証拠だ」と、さんざん言葉で辱めてやった。

「違う」というふうに必死になって首を横に振るのだが、自然に腰がビクビクと反応してしまうのを止めることができない。少しいじってやるだけで、続けざまに何度もオルガスムスに達してしまう。

彼女が自分の中のマゾ性に気がついたところで、おれは彼女を全裸のまま、椅子に座らせてやった。今度は前手錠にしてそれを頭の後ろへ回させ、どんなことがあってもその姿勢を崩さないように命じた。

おれは机の中からペーパークリップを見つけ、それで乳首を挟んでやった。苦痛でぎゅーんと反り返り、爪先までブルブル震わせて苦悶する。実に感じる姿だ。おれは最高に興奮した。

「痛いか？　外してほしいか？　欲しかったらおれの訊くことに答えるんだ。正直に話したら外してやる」

クリップ責めよりも効いて、やってて楽しい拷問はあるのだが、何せ持ち込める道具に限りがあるから、あり合わせの道具を使うしかない。だがクリップで乳首を責めるというのもなかなかいいものだ。

歪む顔。ガムテープの奥から洩れる悲鳴。じっとりと肌を濡らす脂汗。振り乱す黒髪。のけぞる裸身。溢れる涙。絶望的なまなざし。おれが世界で一番魅力的だと思い、実際におれをビンビンに勃起させてくれる女の姿かたちを、おれはじっくり味わい楽しんだ。

口をふさがれたままでの拷問はイエスかノーかの答えしかできないから、いくらでも好きなだけ質問を繰り返すことができる。

おれは智美の一番恥ずかしいことから質問していった。初体験やオナニーの癖など男に訊かれたくない言いにくい事柄をネチネチ訊くのだ。どんなにしゃべりたくなくても、乳首がちぎれそうな痛みにはかなわない。

クリップをとって欲しさに質問に答える智美は、実に哀れで惨めでおれを歓ばせてくれた。

オナニーの質問のところで、おれはやり方を実演させた。

「やらないと、乳首に血がゆかなくなって、壊死《えし》してしまうぞ」という脅かしに智美は屈服して、涙を流しながら、手錠を嵌められた両手を体の前に持ってきて、性器をいじりだした。

左手の指で小陰唇を拡げ、右手の四本の指で自分の粘膜を愛撫するやりかただ。

真っ赤になって屈辱の涙を流し、嗚咽しながら四本の指を動かしはじめる智美の姿は、ビデオカメラで撮影しておきたいと思ったほど、魅力的な光景だった。

「もっと音をたてろ」と強制して、濡れた粘膜を指が摩擦するグチョグチョニチャヌチャという淫らでいやらしい音を盛大にたてさせ、それがどれだけいやらしいか、すべては録音され、撮影されているのだと耳元に囁いてやると、またまたこの娘はボーッとしてきて、さかんに指を動かし腰を跳ね上げるようにしだす。

彼女がクリトリス中心の刺激だけで感じ、まだ膣のほうではあまり感じていない——と拷問で訊きだしたから、おれは膣感覚を開発してやることにした。

おれが祐希で編みだした方法は、肛門と膣、両方からバイブを入れて互いに擦り合わせるようにしてやるというもの。もちろん智美はバイブなぞ持っていないから、代用になるものを見つけてやった。

前から入れるのは直径三センチぐらいのシャンプーの試供品用の瓶、後ろから入れるのは太めのサインペンだ。

「これを自分で二つの穴に入れてみろ」と、新たに乳首をクリップ責めしながら命令すると、最初は必死になって首を振っていた智美も、最後には屈服した。

おれは全裸の彼女をベッドの上によつん這いにさせて、股を拡げさせ、まずアヌスにたっぷり乳液をなすりこんでやった。指を入れてマッサージしてからサインペンをねじこむと、生まれて初めて肛門に異物を差し込まれる智美は全身に鳥肌を立たせるようにして体をうち震わせ苦悶した。しかしサインペンは何ということもなく深く入ってしまった。

次にさっきも叩いてまだ赤く腫れている尻をスリッパでビシビシ叩きのめしながらクリトリスを刺激してやると、苦しみ悶える智美は愛液を溢れさせた。すかさず横に寝かせて片足を上げさせ、愛液にまぶしたシャンプーの小瓶を底からねじこんでやった。これが深く入ったと見届けると、おれは両手を使ってシャンプーの瓶とサインペンをそれぞれ動かし始めた。

「うーうー、ふーふー」と荒い鼻息をついていた智美は、やがて全身をビンビン跳ねるようにし始めた。思ったとおり膣と肛門を隔てる部分を両側から刺激されると、すごく感じるのだ。これが祐希を責めたり弄んだりしているうちに発見した、おれの膣感覚開発法だ。

できるだけ奥のほうでこすり合わせるようにすると、智美は激しく乱れだした。

「よし、自分で好きなようにやってみろ」

おれは彼女の手錠を外してやった。もう快感を追求することしか頭になくなった様子の智美は、右手で瓶を、左手でサインペンを握り、自分の二つの肉穴を串刺しにしたそれを夢中で動かしだした。たちまち激しく感じ始める。

その姿は、ふだんは知的でいかにも聡明そうな女子大生の姿とはうってかわって淫らなもので、おれをすさまじく興奮させた。近寄って瓶を抜き、ほうり投げた。

「むー……！」

初めて膣の刺激でオルガスムスを味わいそうになっていたところだけに、突然の中断は彼女を欲求不満で半狂乱にするに十分だった。

おれは彼女の顔の前にビンビンになったペニスを突きだし、唇に貼ったままにしておいたガムテープを剝がしてやった。

念のためにナイフの刃先を頰に当てて命令した。

「これを咥えろ。気持よくさせることができたら、瓶じゃなくてこいつをぶちこんでイカせてやる」

警告する必要もなかった。智美は夢中になっておれのペニスにむしゃぶりついてきて、必死になってフェラチオを始めた。技術的にうまいというわけではないが、もう一度犯して欲しいという願望で狂ったように舌を使い舐めまくる。これにはさすがのおれもイキそうになった。彼女を蹴倒しておいて、おれはコンドームをつけてから仰向けになって言った。

「よし、下手だが熱心なのは認めてやる。こいつの上に跨れ。ケツの穴のペンはそのままだ……」

智美は歓喜して跨ってきた。片手でおれのペニスを摑み、片手で割れ目を拡げながら腰を落としてきた。

自分で自分を串刺しにした彼女は「あーッ、感じる！」とでかい声を張り上げ、おれの体の上で激しく悶え始めた。最初に犯してやった時より脳天に突き刺さるような快感を得ているのは間違いない。おれの上で馬乗りになっている智美は、もう自分が襲われた被害者だということを忘れて、ただ膣の奥で感じている快感をもっと追求するのに夢中になっている。おれは彼女に、体を前に倒すように言い、手を伸ばして肛門に突きたてられたままのサインペンを摑み、ねじったり回転させたりしてやった。

もちろんサインペンの先端の部分がおれのペニスを刺激する。

「うあ、わあああ、あー！」

智美はおれの体の上でビンビン跳ね躍りながらイッた。何度もイッた。それが彼女が初めて味わう、最高のオルガスムスだった。おれも緊《きつ》く締まる膣の心地よさに、二度目だというのに意外と早く射精してしまった――。もちろん、これでもまだおれの興奮は冷めるものではない。まだまだオードブルの段階だ》

最後のほうで智美は、首にナイフをあてがわれながらフェラチオを命じられ、自分をもう一度犯してほしさに情熱的に唇と舌の奉仕に没頭している。

完膚なきまでに凌辱され尽くした二十歳の娘は、アヌスまで犯され、最後は強烈なオルガスムスを味わって失神してしまった。

拷問されて、それまでのセックスでオルガスムスを得たことがないと自白している理知的な女子大生が、卑猥な言葉を言わされながら凄絶な絶頂を味わう部分は、どんなポルノ小説にも負けないほど、読む男達を興奮させる。実際、この部分を読みながら、舜はモニターの前で二度もオナニーに走ってしまったのだ。

朝、ひとしきりもがけば解けるように縄とガムテープで縛っておいて、正巳は侵入路を逆に辿って機械室に戻り、朝の授業に出かける寮生に混じって『友愛タワー』を出た。ガードマンも守衛も入ってくる人物には気をつけるが、出てゆく人物――それも若い娘には注意を払わない。正巳はマミの姿を借りてやすやすと鬼畜のような犯行をやってのけることができたのだ。

(すごいやつだ、正巳は……)

二度目の自瀆《じとく》行為のあと、パソコンモニターの前で虚脱状態になりながら、ぼんやりと、今は亡き隣室の若者のことを考えた。

Mで女の時期だけは猫みたいにすり寄ってくるのに、Sで男の時期となると、正巳は舜にはあまり声をかけないし、外で何をしているのか報告もしたことがない。勝手にどこかで女をナンパして楽しんでいるのだろうと推測していたが、サディズムの飢渇を満たすため、こつこつと獲物を捕らえる『Rプロジェクト』なるものに熱中して、牙を磨いていたのだ。もちろん欲望は欲望として、祐希のような少女たちを相手に吐き出してはいたのだろうが。

舜もサディズムという凶獣を秘かに胸中に飼っている。だが正巳のように執念ぶかく獲物に肉薄するほどの根性はない。

（おれなんて子供みたいなものだ）

そう自嘲したくなるぐらい、正巳の冷徹な『Rプロジェクト』の遂行努力には驚嘆させられる。

（いや、同じ条件であっても、おれとは桁ちがいだ。あいつにはマミという分身がいる。この『Rプロジェクト』にしても、マミが共犯者として活躍しなければ絶対に遂行できない計画だ。だからおれが真似をできるものではない）

そう思いながら、射精後の虚脱状態からようやく回復して、舜は正巳が書きのこした非情非道なレイプ作戦の顚末を記した文書に目を通した。

それはこういう文章で始まっていた。

《＊月＊日
この一週間、香野智美の反応を望遠鏡と盗聴器で観察しているが、特に変わった様子はない。だが内心、どこから侵入されたのか、誰に犯されたのか、いろいろ考え、憶測しているのは確かだ。まだ進入路には気づいていまい。だが今度はやすやすと侵入できないよう工夫なり罠なりを仕掛けているかもしれない。だから彼女については同じやりかたで犯すことは避けたほうがいい。

　香野智美を再び凌辱するには、寮の外に呼びだして行なうほうがいい。そのために奴隷の自覚をもたせる必要がある。携帯電話を通じて彼女を隷従させる実験をやってみよう……。

　今夜はよく晴れて月が出ている。満月だ。

　深夜十二時、携帯電話を持って夢見山公園の展望台に上がる。三脚で固定した双眼鏡で見ているうちに、一時半ごろ明かりが消える。彼女の携帯に電話を入れ、屋上に来いと命令する。かなり驚いた様子だ。いやならこの前に撮影した写真を発表してやると脅かしたら、一も二もなく応じた。

　五分後、非常階段から薄いレインコートを羽織った智美が屋上に姿を現した。おれは双眼鏡を覗きながら彼女の携帯に電話した。智美のはレインコートのポケットに入っていた。

　屋上に照明はないが、思ったとおり満月の光で智美の姿はくっきり見える。

「夢見山展望台のほうを見てレインコートを脱げ」と命令。しばらくぐずぐずしていたが、思いきったように前をはだけた。下は白いパンティ一枚だった。この前、拷問で白状させた周期からいえば生理ではないはずだが、念のために確かめる。やはりまだ来ていない。理想的だ。おれは命令した……》

　読み進むうち、二度自瀆して萎えていた舜の男性器官はまた充血し、脈打ち始めた。

（正巳のやつ、なんてひどいことを……）

肉体的に痛めつける技巧もさりながら、精神的に辱めるテクニックも想像を絶している——と、舜は感嘆した。

正巳のように倒錯した欲望を持つ男に狙われた、香野智美という女子大生に同情すると同時に、自分もまた正巳に同一化して、美しく聡明な娘を嬲り尽くしたい欲望を燃え上がらせてしまった舜だ。

明け方近く、舜はもう一度、正巳の部屋に忍び込んだ。

ベッドの傍にキーホルダーが置かれていた。愛車のと一緒に、何かの鍵がついていた。それが『友愛タワー』機械室の鍵だろう。それだけを外してポケットに入れた。

押し入れを探ると三脚とそれにセットできる高倍率の双眼鏡が見つかった。さらに小型のラジオ。ふつうのラジオではなく、盗聴器の発信する電波をキャッチするスキャン式ＦＭ受信機だ。

（こんなものがあれば、正巳は覗き屋だと思われる。犯罪の証拠でもある。隠してやるのがあいつに対する友情というものだ……）

そう自分に言い訳して、それらを自分の部屋に持ち帰った——。

第七章　屈辱の痕跡

秋が深まってゆく。

香野智美の精神状態は不安定なままだった。

夜が怖い。眠りが怖い。

安眠できない。

強姦魔がのしかかってくる悪夢。

黒いストッキングを頭からかぶった全裸の男。

色が白くなめらかな肌をもった無毛の肉体。少し盛り上がった胸だけ見れば、女の子だと信じたくなるような不思議な肉体。

何度、悲鳴をあげて飛びおきたことか。

――ふた月前の満月の夜。彼女は自分の部屋で強姦魔に襲われた。

永遠かと思う長い時間、襲撃者は変質的な責めを若い肉体に加え、みずみずしい肢体を思う存分凌辱したのだ。

朝、彼女をゆるめに縛り、「誰にも言うな。言えば恥をかくことになる。三十分じっとしていろ」と言い残して、あの男は去っていった。

三十分後、もがいて縄をほどき、目と唇に貼られたガムテープを剝がして、彼女は部屋を見渡した。

男がまだ立ち去らないで、ドアのあたりにいるのではないか、という気がしたからだ。

寮の個室はホテルのベッドルームによく似ている。廊下のドアから入ると、細い通路が奥の六畳の洋間に通じる。左側はコート掛け、靴箱、衣装タンスが巧みに組み合わさった収納スペース、右手には洗面所とバスルーム。

寮は食堂で食事が提供されるし、洗濯ものは地下に大型の回転式自動洗濯乾燥機が二十台備えつけられている。だからアパートに備わっているキッチンやユーティリティの設備とかスペースはない。それだけ簡単な造りだ。

男が隠れるとしたら、通路から凹んだ位置になる洗面所か、バスルームの中。あるいは通路側にある引戸の奥の収納スペース。

彼女はシーツを裸身に巻きつけおそるおそるそれらの場所を覗いてみた。

誰もいなかった。

(どこに消えたの……?)

外に出ていったのだろうか。

ドアは内側からつまみをひねってロックできる式のもので、彼女は寝る前にいつもロックを確かめる。昨夜も確かにそうした。そして今もその状態である。

(あの男、合鍵で入ってきたのかしら……)

この部屋に出入りできるのはドアと、ベランダに面した床までの窓だけである。

ベランダの窓には半月形のクレセント錠がかかっている。これはガラスを割らない限り外側から外して入るというわけにはいかない。

また、外に出てからかけるわけにもいかない。ということはベランダの窓からでは絶対にない。

ともかく室内に犯人がいないことを確かめてから、智美はバスルームで体を洗った。膣を洗いながら、襲撃者がコンドームを使ったことを不思議に思った。

(私を妊娠させたくなかったということ?)

そんな親切心をもった強姦魔というのがいるものだろうか。

たぶん、智美が警察に訴えた場合のことを考えて証拠となる精液を残したくなかったのだろう。

（警察……、訴える……）

そのことを考えて、智美は困惑した。

強姦されたのだから当然、警察に通報し、犯人を捜査し逮捕してもらうのが被害者のまずしなければならないことだ。たとえ強姦魔に「恥ずかしい思いをするぞ」と脅かされても。

（だけど、証拠は……？）

彼が残していったのは最後に目と口に貼った梱包用のガムテープの切れ端、一メートルほどの麻縄、それだけだ。そんなものはどこにでもある。ここで使った手錠、ナイフなどは犯人が持ち帰った。精液さえ残していない。

（それに毛も……）

性行為を行なえば、ふつう恥毛が抜けるものだ。

だが、あの男は全身、毛を剃っていた。しかも頭には終始ストッキングをかぶっていた。

（なんてこと？　私がこんな目に遭ったというのに、警察にも訴えられないということ？）

ただ一つ、彼が残していったものがある。

不思議な匂いだ。シーツにも空気にもそれが残っている。

（ええと、これは何だっけ……）

食べ物に関係した匂いだ。食べ物そのものというか。少し考えてから、

「オリーブオイル！」

思わず叫んでしまった。

間違いない。彼の体から発散していたのはオリーブオイルの匂いだ。体を押しつけてきた時のつるりとした感触は、肌そのものがなめらかなのではなく、オリーブオイルが塗られていたからなのだ。

智美は頭を抱えた。

「私を襲った犯人は体に一本も毛がなく、コンドームを使って、全身にオリーブオイルを塗りたくっていました」と訴えても、警察が、いや、この寮の寮長だって聞いてはくれまい。ボーイフレンドも恋人もいない、欲求不満の若い娘の妄想だと片付けられてしまうかもしれない。

（じゃ、私、どうすればいいの？）

もう一度、必死になって室内を点検してみた。

ドアと窓以外に厳密には三つの孔があった。

一つは集中冷暖房の空気吹出口だ。それは洋間と通路の境の、天井が少し低くなったところについている。だが高さは二十センチぐらいに横が六十センチほどの孔で、しかも風向を

変えられるように羽根がついた格子が嵌められている。格子を外せたとしても――びくともしなかったが――そこからは頭だって出せない。

さらにバスルームの天井にも小さな蓋があるのが見えた。大人の体がすり抜けるのは無理だが、頭だけは突っ込めそうだ。

おそるおそる台に乗って点検口を開け、懐中電灯で照らしてみた。

目の前にあるのは換気扇とそのダクトだった。

つまりこの点検口というのは、換気扇が故障した時に交換するためのもので、ここから誰かが出入りするためのものではない。念のために周囲を見てみたが、誰かが触れたような形跡はなかった。

最後の一つは窓の上の自然換気口だ。これは直径が十五センチぐらい。人間の出入りは子供でも無理だ。

（ドアじゃなかったら一体どこから入って、どこから出てったのよ！）

さらに徹底して探してみた。物入れの天井部分も触ってみた。昔の押し入れなど、天井板が外れるようになっていて、そこから天井に入れると聞いたことがある。だがしっかりと釘で留められていた。

床も壁も目を皿のようにして念入りに探してみたが、どこにも入れるような個所も隙間もない。

（だとすると、やっぱりドアから？）

そう考えるしかなかった。

ドアの鍵は一本を寮生が持ち、二本を寮側が保管している。寮に入る時、寮長は、プライバシーを守ることを強調して、事故でもない限りそれらの鍵を用いて個人の部屋に入ることは絶対ない、と言った。

だが、誰かがそれらの鍵をこっそり持ちだして使ったとしても、わからない部分はある。

第一、ここは男子禁制の館で、夜は玄関は閉鎖される。受付のところには深夜でも女性警備員が常駐して出入りする人間を監視しているのだ。

もし、そこを突破していったとしても、館内で誰かに会ったら大騒ぎになる。ここには男性が一人もいないのだから。

それなのに侵入者は、寮生たちが活動を開始する朝になって立ち去った。廊下に出られるのだろうか。それがひどく不思議だった。

ボーッとしていると電話が鳴って、智美は飛び上がった。

寮の食堂からだった。時間になっても食べに来ないので、不要なのかと訊いてきたのだ。

具合が悪いと断って、講義も休むことにした。誰にも顔を合わせる気にならなかったからだ。

自分の顔に「私はレイプされました」という文字が書かれていて、見える人には見えるような気がする。

部屋にこもっていろいろ考えこんだが、思いは乱れるばかりだった。

警察はもとより寮長にも訴える気は失せた。説明して納得されるとは思えなかったことと、やはり「あんな惨めな体験を人に話せるものではない」という思いからだった。

（でも、私は確かに襲われ、辱められたのだ……）

尻には叩かれた痣《あざ》が残っている。枕もパジャマもパンティもズタズタに切り裂かれて、手首だって手錠をかけられて擦れた部分が傷になっている。

絶対に夢ではなかったのだ。それだけは確かだ。

（でも誰が？　どうして私が？）

襲われたのには何かしら理由があるはずだ。

ふと疑問が湧いた。

（私以外にも誰かが襲われているんじゃないかしら？）

こんな状況だったら、自分と同様、泣き寝入りするしかないはずだ。

その夜、さすがに空腹を覚えて食堂に行った智美は、注意深く周囲を見渡した。

だが、自分と同じ目に遭った寮生がいたとして、それを外見から探るのは無理だとわかった。

第一、襲われたばかりの自分でさえ、誰かに話しかけられると、ふだんと同じように受け応えしている。笑っている。必死で演技する必要もなく、日常の顔や態度でいられる自分が不思議だった。

そんなふうに、それからの智美は見た目はそれまでと変わらずに過ごしている。

ただ、夜になるとどうしても恐怖に怯えるのだ。

(こんな寮、出てしまおうかしら?)

よく考えてみると、それも得策ではないような気がした。外部のアパートやマンションは、ここに比べればさらに無防備だろう。第一、親きょうだいに理由を説明できない。

もちろん対策は考えた。ドアを出入りするたびに髪の毛を隙間に挟むようにした。もし留守の間、誰かがドアを開けたら髪の毛が落ちる。

眠る時はドアにチェーンをかけ、通路には椅子を置いた。椅子には鈴をつけてある。侵入者が椅子を動かそうとしたら鈴が鳴る。

枕元には痴漢対策用の催涙スプレーを置いた。

だが、それで安眠できるようになったわけではない。悩みは次から次へと生まれてくる。

今度は、

（またあいつがやってきたとき、私は本気で抵抗できる？）

そういう疑問から生じた悩みだ。

襲われてからどんなことをされたか、その記憶は忘れようとしても忘れられない。

自由を奪われてからナイフを突きつけられた時の恐怖。

裸にされてゆく時の羞恥と屈辱。乳房や秘部、肛門、そして口にまで加えられたおぞましい苦痛は思いだすたびに体が震えるような怒りを覚えずにはいられない。彼女の人間としての尊厳はこなごなに打ち砕かれ、このベッドの上で家畜か奴隷か、ともかく魂を持たないモノとして弄ばれたのだ。

（だが……はたして自分は恐怖と羞恥と苦痛だけを味わわされたのだろうか？）

聡明な娘はその疑問が生じてくるのを抑えきれないのだ。

（ハッキリ言ったら？　あなた、楽しんでいたんじゃないの？　最後のほうなんか、もっと犯してって腰を振ってねだっていたんじゃない？）

幼い頃から智美の心の中には、本来の智美に対してひどく皮肉屋で意地悪い智美がいる。

第二の智美の存在が、ある時はブレーキとして働き、ある時はそそのかし、けしかける原動力となり、彼女の行動は結果としてバランスがとれたものだったような気がする。

中学時代、憧れていた女教師のアパートに押しかけて本心を打ち明けさせたのは、もう一人の智美のおかげだ。そのおかげで彼女は女同士の甘美な性愛の世界を知ることができた。

かといって、彼女は女一辺倒の純粋なレズビアンでもない。高校時代、同じ通学電車で顔を合わせる男子高の生徒にラブレターをもらい、デートをOKさせたのも、もう一人の智美だ。だから彼女は男女の性愛もまた甘美なものだと知った。

どちらかというと、第二の智美は本能に忠実に従え、理性に頼るな、という立場で意地悪い声をかける存在のようだ。その第二の智美が、自分は被害者だと憤り悲しむ本来の智美をせせら嗤う。

その嘲笑的な指摘に智美は反論できない。実際、最初に犯されて頭がボーッとしてしまっている途中で言い知れない快感が湧きおこり、体を包まれてしまった。

(これが男と女の本当の姿かもしれない)

そんな思いがチラと脳裏をかすめた。男は徹底的に犯す存在、女は徹底的に辱められる存在、その二つの存在が激突して本当の男女の愛が火花のように発生するのではないか——そんな思いがしたのは事実だ。

犯されることが愛されること。

(そんなバカなことがあるわけない！　男の勝手にされるために女がいる——なんて、そんなバカな……！)

冷静になった今は否定するしかないアイデアが、しかしなぜ、命さえ奪われかねない恐怖と汚辱のどん底でひらめいたのだろうか。

（それが真理だからよ。自明のことでしょう）

第二の智美が告げるのだ。

（それがマゾヒズムというものなのよ。智美の存在を支えているのがマゾヒズム。あなたは、だから心底からのマゾヒスト。犯されることを心から楽しむ類い稀な素質に恵まれているんだから、それから目を背けてはいけないわ）

事実を直視すれば、それは本当なのだ。

犯され辱められ弄ばれ汚される自分に、智美は殉教する聖女が味わうような恍惚と快感を味わっていたのだ。強姦魔が自分にもっとひどいことを、もっと長く続けてくれるよう、神に祈ったのではないだろうか。

「ううう」

そこまでジレンマに陥ると、智美はうなっていつもパニック状態になってしまう。

（私が淫らなマゾヒストだなんて、絶対、違う。あれは強姦魔が私にそうなるよう仕掛けた悪魔的な罠なんだから、私を責めるのは間違いよ！）

その叫びに第二の智美は沈黙する。それでも彼女が微かに呟き、含み嗤いをするのが聞こえるのだ。

(だったら、こんどあいつが来たとき、徹底的に抵抗してごらんよ。殺されても守りたい、気高い自分というのがあるのなら、命を賭けて守ってみてごらんよ……)

だから智美は恐れているのだ。

強姦魔がまた襲ってくるのが怖いのではない。その時、自分がどう対応してしまうのか、それが怖いのだ。

そして、彼はまたやってきた。

第八章　菊孔露出

ちょうど一ヵ月後の、皓々《こうこう》と月の照る夜だった。

明かりを消して初めて、窓のブラインドから差し込む月の光で、よく晴れた夜なのだとわかった。ベッドに横になってウトウトした時、ピコピコと音がした。

「え？」

耳を疑った。机の上の携帯電話が鳴っている。親が上京してきた時、連絡をとりあうのに何かと便利だからと買ってくれたのだが、ふだんはめったに使わない携帯電話だ。そんな電話機に、こんな時間、誰がかけてくるというのだろう。

（出ないほうがいい）

そう思っているのに、体を起こして摑み、受信ボタンを押してしまった。

《はい》

おそるおそる応答すると、
《香野智美、おれだ》
あの声が耳に響いた。忘れられない、囁くような声。この声で愛を囁かれたらどんなによかっただろうかと思う、セクシーな男の声。
《はい》
驚くほど冷静に返事をしている自分に、智美は驚いてしまった。まるでその電話がかかってくるのを予想でもしていたかのように。
あの夜、強姦魔は射精した後、拷問を繰り返した。彼はあらゆることを知りたがった。いや、何でもいいから拷問するために質問をしたのかもしれない。乳首をクリップではさまれたり、アヌスをこじ開けられたり、なぜか机の中に入っていた百円ライターを見つけて、それで秘毛を炙《あぶ》り焼いたりしながら。あまりにも多くの項目について訊かれて、その間智美は半狂乱だったりオルガスムス寸前の状態だったから、何を問われ、何をどう答えたのか覚えていないことのほうが多い。
《ほうっておいて悪かったな。忙しかった》
まるで愛人にでも電話するような口調だった。
《それに、そこにもそうそう行かれない。おまえもバカではない。今度は用心しているだろ

う》
枕もとの催涙スプレーを見抜いているような口調に、智美はひやりとした。
《しかし、おまえの体はすばらしい。忘れられないぜ。今夜は少しヒマができた。だからちょっと見せてもらおうと思ってな、それで電話した》
強姦魔の声はまるで世間話でもするかのような、淡々とした口調だった。脅かしもしないし嘲笑もしない。切迫した口調でもない。
《だから、出てこいよ。わかってる。真夜中は玄関が閉じられていることぐらいは知っているんだ。寮の外とは言わない。屋上だ。屋上に出てこい。その携帯電話を持ってな。五分したらこちらからかける。もし出てこなかったり応答しなかったり、時間に遅れた場合は、この前撮影した写真をばらまく。紙に焼いてばらまくなんてケチなことはしない。インターネットのホームページに掲載してやる。投稿写真のホームページってのがあるんだ。そこに『おれが犯した女子大生の屈辱レイプ写真』と題しておまえの名前も学校の名前もバッチリ入れてな》
つまり日本じゅうの好き者たちの目に、犯され辱められている写真が配布されてしまうわけだ。智美は息を呑んだ。
《わかったか、香野智美よ》

強姦魔に問われて、震える声で返答した。
《わかりました》
《よしよし。じゃあ、パジャマなんて無粋なものは脱いで裸で来い。まあ、上に羽織るものは許してやろう。それとだな、今穿いてるパンティは白か？》
唐突な質問に驚きながら智美が肯定すると、
《よし、そいつは穿いたままで来い。それ以外は許さん》
電話は切れた。
（いったい、どうして屋上に……？）
あの男が屋上に来るというのだろうか。それはないはずだ。智美の気が変わって人を呼ばれたりしたら追い詰められてしまう。
智美は窓のブラインドの隙間から夜空を見、目の前に月光を浴びてくろぐろとそびえたつ山の姿を見て、強姦魔がどこにいるのかを理解した。
《あそこだ、夢見山公園……》
五階建ての『友愛タワー』を見下ろす場所は山の上しかない。
才媛女子大生はすぐに、望遠鏡のようなものでこちらを監視しているに違いないと察した。
智美は震える指でパジャマを脱いだ。コート掛けから夏用の薄いピンクのレインコートを羽織る。

　屋上に出る一番の近道は廊下を右に進んで突き当たりの非常階段に出ればいい。天気のいい日、屋上で夜具を干すのにいつもそこを使っている。エレベーターホールのところにも、南棟のはずれにも階段はあるが、長い廊下を歩いてわざわざ人目につくこともない。

　館内用のスリッパを素足にはいたまま廊下に出た。

　そろそろ二時、この時刻、廊下をうろつく寮生はさすがにいない。智美は廊下を少し進み『非常出口』のランプが灯る鉄の扉を押した。

『友愛タワー』の屋上は、アスファルトを敷き詰めた、航空母艦の甲板のようにだだっぴろい平面だ。突き出ているのは三つの塔屋だけ。一つは中央部にあるエレベーターシャフトの直上、機械室を収める塔屋、残り二つは北棟南棟それぞれのパイプスペースが突き抜ける直上、ボイラーの排気口も兼ねる塔屋。実際、それらの塔屋がなければ、軽飛行機ぐらいは離着陸できそうな気がする。

　例によって高いところから飛び降りたくなる誘惑を実行に移させないよう、智美の背丈ぐらいの鉄のフェンスで取り囲まれている。中央部には天気のよい時に夜具などを干せるように物干しの設備を設けているが、あとは気持のよいほど何もない場所だ。

　夏の蒸し暑い頃は時に塔屋の陰でひそやかに囁きかわす寮生同士のカップルがいて「抱き

あっていた」だの「キスしていた」だの、「もっと凄いことをしていた」だの、噂のタネになったりすることもあるのだが、そろそろ夜気が肌寒いほどになってくる時期、しかも深夜、智美以外の誰の姿もない。

ピコピコ。

レインコートのポケットに入れた携帯電話が鳴った。

《はい》

《出てきたな、香野智美。もう少し真ん中に移動しろ。そうだ、そこで止まれ》

指示されて立たされたのは、北棟のほぼ中央、どこからも隠れる場所のない、特に夢見山頂上からはよく見える位置だ。

《じゃあ、その邪魔っ気なレインコートは脱げ。携帯は持っていろよ》

ごく自然に智美は夢見山頂上を見上げるようにしていた。そこにはコンクリートの板を二枚重ねたような展望台がある。いくら月の光が皓々と明るいといっても、智美の視力ではそこに人がいるかどうかまではわからない。向こうは望遠鏡で見ているのだろうが、顔の表情までもわかるのだろうか。

智美はレインコートのボタンを外し、それを脱ぎ捨てた。

《いい体だな、智美。そこまで行ってこの間のように歓ばせてやりたいぞ》

冷やかすような言葉に、さすがに頬が熱を帯びた。
《おまえも毎晩おれのことを思って、眠れない夜を過ごしていることだろう。だから二人でテレホンセックスでもしようぜ。……ところで訊くが、生理はまだだろうな》
《はい、まだです》
智美のは二十八日周期だ。先月、ああいったショックがあったから遅れるかもしれないが、ふだんなら明日にも始まる時期だ。
《ふむ、よし……。じゃあ、パンティを脱げ。脱いだしるしに、それを振ってみせろ。そうだ、そうだ。よし》
（私、何をやっているのかしら……）
真夜中、携帯電話を手に無人の屋上で全裸になり、パンティを手旗信号のように頭上で左右に振っているのだ。事情を知らない人間が見たら、気が違ったと思うはずだ。
夢見山以外に周囲に高い建物がないことを、智美は神に感謝した。
《さて、これから二人で楽しむ前に、おまえの膀胱を空にしておこう。寒いだろうからな、小便をがまんしながらテレホンセックスでもないだろう》
携帯電話からの指令を、智美は信じられない思いで聞いた。
（ということは、私に、ここでおしっこを……？）

《そうだ、小便をするんだ。立ったままで、脚を広げてやるんだ。そうだな、指でビラビラを拡げたほうがやりやすいんだろう？　だったら拡げてやれ。どうした？　命令が聞けないというわけじゃないんだろう？》

あくまでもこの男の口調は優しい。もの覚えの悪い子供に丁寧に愛情深くものを教えている父親のように。

《そんな……》

声が震えたのは、冷たい夜気のせいばかりではない。

《やれ。イヤと言える身か》

智美は絶句した。全身を震わせながら脚を開いた。

立ったままで放尿したことなど、幼児のころ以来ない。

また、こんなあけっぴろげの空間で、夜空の下でしたこともない。

《音が聞こえるようにしろよ。電話機は股のところへ持ってゆけ》

男の指示は智美の羞恥心をわざと煽るかのようにいやらしい。

《そうだ。その姿勢で出してみろ》

自分の右手を使って秘唇を拡げて、腰は少し沈めて下腹を突きだすように、やや膝を曲げた姿勢だ。

いきむと腿と尻の筋肉がぶるぶる震えた。

(出ない……)

いざとなると、見られていると思うせいか、慣れない姿勢のせいか、簡単に尿は出てこない。

(出さなきゃ)

こんな冷たい夜気の中でいつまでも立っていたら風邪をひいてしまう。早く終わらせたかった。

「うーん」

気がついたら、いきみ声を出していた。それは展望台の上の男にも聞こえているだろう。とても長いような時間が過ぎて、
チョロ。

液体が数滴、尿道口から溢れた。タラタラと脚の間を垂直に落ちた。

「う」

さらにいきむと、
ピュ。

勢いよく、しかし短い噴射があって、今度は放物線を描いた。

目の前のアスファルトの表面に落ちて飛沫が飛んだ。あとは一気だった。

シャー。

音をたてて温かく透明な液体が月の光を受けてきらめきながら宙を飛び、アスファルトの上に落下してくろぐろとした水たまりを作った。

「はあ、はあ」

出しきった時、二十歳の娘は荒い呼吸をしてなめらかな腹部を収縮させていた。放尿という慣れきった行為が何か大変な作業のように思えた。

《いいぞ、よくやった。いい眺めだ。香野智美の全裸立ち小便ショー、とっくり見せてもらった》

男の声は相変わらず淡々としている。

(興奮しているのかしら？　いたずら電話でテレホンセックスを要求してくる男は、みなオナニーをしながらかけてくるというけど)

たとえば今の智美のように息が乱れているとか、そういう感じはしない。

《拭きたかったらパンティで拭いておけ。男とは構造が違うからな》

言われて、レインコートの上に脱いだパンティで滴のたれる秘唇のあたりを拭った。

女性は放尿すると、必ず秘唇の周りが会陰部のほうまで濡れる。時には鼠蹊部《そけいぶ》から内腿まで濡れることがある。「拭え」という命令は、この男が女体の構造まで熟知していることを窺わせるものがあった。

《小便すると熱が奪われる。寒くなる。風邪をひいてはいかん。踊って温めるんだ。なに簡単だ。そのまま脚を広げた姿勢で、手は頭の上に持っていけ……そうだ。電話機のほうは耳につけておけよ。そのままの姿勢でケツを横に振れ。右、左、右、左と……。だめだ、そんなおとなしいのは。もっとでっかく振るんだ。ほら、右、左、右、左……》

それはストリッパーが舞台の上で客を昂ぶらせるために行なうワイセツな仕草だ。電話機の向こうでかすかに呼吸が乱れ、声がうわずってきたような気がするのは錯覚だったろうか？

《よーし、今度は前と後ろだ。おま×こにピンポン玉をくわえてポンと前に弾きだすように……、そうだ、脚はもっと開け。もっとイヤらしくやってみろ》

男はまるでミュージカルの振付師のように、こと細かに臀部と下腹部をどのように動かして見せるかを指示してきた。

このあたりでもう智美の理性は痺れて、羞恥よりも別の感情のほうが高まってきていた。

あとで考えれば、自分の裸体を秘部まで見られ、ワイセツに動かして見る者を興奮させることを楽しむ、露出症患者の悦楽に酔いだした——というしかない。

頭の中では激しい羞恥を覚え、屈辱感に打ちひしがれているのだが、別の部分――子宮につながる部分では今の自分の状態を楽しんでいる。命令されて恥ずかしいことをさせられること、奴隷のように言いなりになって逆らえないこと、惨めな自分の姿を人に見られることを、一刻一刻、楽しんでいる。この状態がいつまでも続けばいいと思っている。

その証拠に智美の肉体が反応を見せ始めた。

子宮が疼き、秘部がジュンという感じで潤み溶けてゆく。

「はうッ」

思わず熱い息をついてしまった。

ヒップを石うすのように回転させることを要求された。うまくできず、何度も叱られて、ようやく「よし」と言われた時は、子供が先生にほめられた時のように嬉しかった。

いつしか寒さを忘れていた。真っ裸でヒップをうねらせくねらせ、前後左右に突きだしたり振り回したりしているうち、体は汗ばむほどに熱を帯びだしていた。

《よーし、今度はケツをおれに向けてやってみな。ぐりぐりこね回すんだ。ブンブンブン……、そうだ、いいぞ、おまえは最高のストリッパー――女子大生特出しストリッパーだ。それで舞台に立ってみろ。客は喜ぶぞ。そうだ、ケツに手を回せよ。ケツの穴をお客さんに見せな。恥ずかしがるなって。おまえは最高のケツの穴の持ち主なんだから。ほら、ケツを

前と後ろに振りながら尻たぶを割れ。思いきりだ。そうだ、うう、いいぞ……》

電話機から伝わってくる強姦魔の声が最初の冷静さを失なってしだいに昂奮して息づかいも荒くなってゆくのを、智美は嬉しい思いで受けとめた。

（このひと、私の体で昂奮している……！）

不思議に高揚した気分になった。寒さも恥ずかしさも忘れた。再び前を向いて尻を振らされた時、愛液は内腿を伝って膝まで濡らしていた。それが展望台から見えたのだろうか。

《おまえも燃えてるな、香野智美。淫乱女子大生ストリッパー。よおし、レインコートの上に仰向けになれ。そこでオナニーをやるんだ。おま×こはこっちに向けて、脚は思いきり広げてケツは浮かして、おま×こをグルグル回してみろ。電話機は口の傍に置け。両手でおっぱいを揉め。ぎゅうぎゅうとだ》

やつぎばやの指示が飛んできた。男の息が荒い。自分のペニスをしごきたてているのだろうか。智美の脳裏に自分が咥えこまされた、赤銅色したコチコチの熱い、脈動する肉の槍、その濡れた穂先が甦った。

（くわえたい、しゃぶってあげたい、この前のように私の口の中で弾けた熱い精子を呑んであげたい！）

屋上に広げたレインコートの上に仰向けになり、脚を広げ、両肩と両足の裏で体重を支え、背中と臀部を浮かせてヒップをぐりぐりと回転させる。それは智美は知らないことだが、ストリッパーが観客を最高に昂奮させる魅惑のテクニックなのだ。

《いいぞ、いいぞ。その調子だ。ほら、ぐしょぐしょのおま×こだ。指で触ってみろよ、気持よくしてみろ。声が出るまでな。うんと声を出しておれを喜ばせろ……》

智美は右手を自分の愛液が溢れる源泉に這わせていた。つやつやした秘毛の丘に掌をあてがい、四本の指で自在に秘核、前庭、秘口、花弁、そしてアヌスに至る狭い通路を刺激し弄ぶのが彼女のやりかただ。一度、鏡に秘部を映しながらオナニーをやってみたことがあるが、まるで肉体の一部で楽器を演奏するような指の動きだと思ったことだった。

四本の指は時に優雅に、時に情熱的に、撫でるように、こねるように動くかと思えば、ある時は舞うように、そして激しく叩くように跳ね回った。

《聴かせろ、智美。おまえのいやらしい指がいやらしいおま×こをいじくり回している音を……》

切迫した声が受話器から伝わってくる。智美は携帯電話機の送話部分を自分の秘部に近付けた。

ニチャニチャ、プチュウニュ、グチュクチュ。

濡れた粘膜が指に擦られて発する淫靡な摩擦音が、ハッキリと送話器に送り込まれていく。

「あう、ああ、はうッ。うう……気持いいっ」

思わずうわずった悦声を上げてしまう智美。

《聞こえたぞ。いやらしい音だなぁ。なんとまぁ、素っ裸でおま×こ広げて、人に見られながらマンズリして喜んでるとは……、どうしようもない淫乱娘だぜ。ううう》

強姦魔の昂奮も絶頂に近づいている。その息は機関車のように荒い。

智美はもう完全に自意識とか理性などをどこかに振り捨てていた。ただひたすら、自分の指が生み出すえもいわれぬ快楽に没入して、獣のようにうなりながら、臀部を高く掲げるようにして、イッた。

「あうッ、ああ、あーッ！」

快美の絶頂を告げる切なくも悩ましい叫び声が月に向かって放たれた。

ほとんど同時に電話機から強姦魔の呻き声が伝わってきた。

《おお、う、うむ、むーッ、あうッ！》

妄想の中で智美は、はるかかなたの展望台から彼の精液が飛来し、自分の股間を直撃する錯覚に襲われた。

「あああ、あーッ！」

さらに高く叫んで、ついには甘美な感覚の嵐の中で意識が薄れた。

我に返った時、強姦魔も息を整えたところだった。

《最高だったぞ、香野智美。離れていてもこんなにおれを歓ばせるとは……。待ってろ、今度はちゃんとおまえを抱いて満足させてやる》

電話は切れた。汗が急速に冷えてきた。

(私、いったい何をしてしまったんだろう?)

智美はふらつく足で立ち上がり、全裸の上にレインコートを羽織った。

月に雲がかかり、夢見山の頂上にある展望台は闇に没していた。

彼女はそっと非常階段を降り、五階の鉄扉を開けて廊下に入った。冷たい夜気から比べると館内はむっとするほど暖かく感じられた。

レインコートの前を合わせ、誰にも見つからないようにと念じながら自分の部屋に帰りついた時はホッとした。だが、後輩の神将愛子のドアの前を通過した時、目覚めて起きていた彼女に覗きレンズから見られていたことは気づかなかった。

第九章　継承者

また一ヵ月が過ぎた。

強姦魔からは何の連絡もない。

智美の煩悶は深まった。

あれほど恐れ憎んでいた彼の再訪を、いつの間にか期待している自分に気がついたからだ。

携帯電話が鳴って、深夜の屋上で全裸露出ショーをさせられてから、智美の中にあった何かが変わった。

変わったというより壊れたというべきかもしれない。

(私は、ふつうじゃない。強姦魔の言いなりになって全裸の放尿、尻ふり、局部露出、そしてオナニー、なんでもやって見せてしまった女なんだもの。これって決定的に変態女ということなんだ……)

自分が性的に好奇心の強い体質だとは、中学生の時に女教師に抱かれた時、素直にすべてのことに服従した時からわかっている。

だが、ここまで倒錯した異常な体質だったとは……。

強姦魔に凌辱されながらオルガスムスを得て失神し、電話で命令されて全裸で自慰を演じてしまう自分が、信じられなかった。

(本当はすごい変態女だったんだ。心底からのマゾヒストだったんだ……)

見ないようにしていた自分の姿を、あの強姦魔は見せてくれたようなものだ。

その事実に打ちのめされ、数日は食欲もなく友人たちが心配したほどだった。

なにごとにも思い詰めてしまう——という性質が智美にはあって、ある点を突破してしまうと自暴自棄になりやすい。

(私はマゾヒストの淫乱女なんだから、学問やっても仕方がない)

退学まで考えたぐらいだ。

では何をすればいいのか、考えがまとまらない。もう講義も、留学を目指しての英会話学校通いも、自動車の教習所通いもぷっつりやめてしまい、級友たちをますます困惑させたものだ。

「誰かに失恋したらしい」

そう噂するほうも、それが誰なのかは見当もつかないのだ。

（あいつは、いつ電話してくるかしら）

考えるのはそのことだけだ。

心ここにあらずといった様子の智美を、そっと見守る視線に彼女はまだ気がついていない。

その視線は神将愛子から放たれている。

——そしてある夜、また携帯電話が鳴った。

（あの人だ……！）

ベッドから跳ね起きて応答した。

《はい？》

まるで恋人からの電話を待ちかねていたかのような智美の反応に、電話をかけてきた人間は少し当惑したようだ。

《もしもし、香野智美か》

二十歳の娘の胸中に失望が湧いた。声が違う。別人だ。

（でも、どうしてこの電話が……？）

不審に思いながら返事をした。

《はい、私ですけど》

《だったらわかるだろう。おれはおまえの秘密を握っている者だ。＊月＊日、おまえの部屋で起きたことを知っている。その時写した写真も持っている》
「うそ！」
思わず智美は叫んでいた。
「あなたは誰なんです？　どうしてこの電話を？」
いきりたつ娘を制する男は、面白がっている。
《まあ聞け。おれはおまえを犯したやつの継承者だ》
智美は呆気にとられた。
「継承者？　いったい何を継承するんですか？」
《決まっているじゃないか。おまえのすべてをだよ》
「私はモノじゃありません」
《だが、奴隷だ。それもとびきり淫乱な奴隷だ。犯されながらオルガスムスを覚え、真夜中の屋上でまっぱだかでオナニーショーをやってのける女だものな。まあ、これを聞け》
受話器から女の呻き声と喘ぎ声が聞こえてきた。明らかにテープに録音されたものの再生音だ。
「こ、これって……」

目の前が瞑《くら》くなった。

あの月の夜、屋上でオナニーした時、携帯電話に向けて――夢見山の展望台にいる人間に向けて発した悦声、呻き、喘ぎ、うなり、そして絶頂の叫び声がそっくり録音されていた。

膝がガクガクして体がブルブル震える。心臓が喉のところまでせり上がってきたような気分。

《聞け、香野智美。おれはあいつの継承者だ。あいつはもういない。おまえに関するすべての秘密はおれが預かっている。だからおまえは、おれの言うとおりにするしかないんだ》

この男の言い方は強姦魔の淡々とした口調とは違う。最初から人を説得しようとする熱意がこめられている。時にそれは、芝居がかった口調、いかにもという恐喝者の仮面をかぶろうとしている。

ようやく智美にもわかってきた。

自分を最初に犯した男は、どういう理由からか姿を消したらしい。

その時、智美を犯した記録すべてをこの男に譲渡していった。つまり彼女を脅かして言いなりにするための権利とその保証を受け継いだのだ。

（私はモノだ……）

つまり奴隷市場で売り買いされる奴隷と、少しも変わらない存在なのだ。

「そんなバカな……」

悲鳴のような声を上げてしまった智美だが、その全身を熱い衝撃波のようなものが走った。それは子宮のど真ん中を響きをあげて通過し、女の中心を強く揺さぶったようだ。

《だから言うことをきいたほうが得だぞ。この前のことを覚えているな。さあ、ぐずぐずしていないで屋上に出てこい。レインコートの下は裸だぞ。パンティだけは許してやる。さあ、来い。来ないとどういう目に遭うかわかるだろう？》

電話は切れた。

智美は震える手でパジャマを脱ぎだした――。

コトン。

微かな音で、神将愛子は眠りを破られた。

（えっ、また……？）

鼓膜から脳へ伝わった音の意味が理解できた瞬間、跳ね起きた。

（香野先輩が、また……）

時計を見ると一時半だ。

（絶対デートだ。秘密の恋人と……）

愛子はふっくらした唇を噛みしめた。

今、非常階段への鉄の扉を開けて出ていったのは香野智美だろう。

愛子が秘かに思いを寄せている、この理知的な美貌の女子大生は、最近、憂愁の色が濃い。

寮生たちの間では「失恋か、邪恋か、ともかく誰かとの仲がこじれているのよ」という噂が囁かれている。

（誰と恋しているのかしら？　男性、それとも女性？）

女子大は男子禁制の女の園。同性同士の恋愛は珍しいことではない。

特に『友愛タワー』の寮生は付属の女子高出身者が多い。聖美学園は中学から入れるので、長い子で六、七年は女ばかりの環境で暮らしている。そういう環境では疑似的なレズビアンの活動も活発になる。

疑似的なレズビアンは真性と違って、男性と交際できる機会が来ると異性愛に戻っていき、必ずしも同性に固執しない点だ。女性の場合、男性よりも疑似的な同性愛に耽りやすい傾向にある。

神将愛子は、まだ同性とも男性とも性的な体験をしたことはないから、ハッキリと自分の嗜好を確認したわけではない。ただ、女性と体験するなら、高校時代からの先輩である香野智美のような――いや、智美その人と体験したいと願っている。毎晩のように彼女に抱かれ接吻を交わす空想の中で激しくオナニーに耽るのが習慣になってしまった。

その智美は、そんな後輩の心など知らず、心ここにあらずという様子の日々だ。最近は部屋にこもって授業も休みがちだという。

そこで思いあたるのが、ひと月ほど前、深夜二時ごろ、彼女が非常階段を使って屋上に出て、しばらくしてから戻ってくるのを目撃した一件である。

(ひょっとしたら、屋上で誰かに会っていたのではないかしら?)

だとしたら相手は〝恋人〟以外、考えられない。

『友愛タワー』は深夜十二時から玄関が施錠され、出入りができなくなる。内部で恋人同士が密会する場は、自室以外、屋上しかないのだ。

自室で密会すると、出入りする際に誰かに見られる危険がある。屋上に出入りするのを見られても「外の空気を吸いたくて」と言い訳ができる。

欠点は天候の悪い時は使えないということと、愛を語るには物陰が少ないということだ。

そして秋が深まり夜気が冷たくなると、もう誰も屋上には行かなくなった。こんな深夜に、その屋上に行くというのだから、愛子が少しムキになるのも無理はない。

(もうー……、こうなったら誰が先輩の恋人なのか、突きとめてやろう)

愛子は遂に決意した。自分もパジャマの上からレインコートを羽織り、こっそりと廊下に出て屋上に向かった。

足音を忍ばせて屋上への階段を登り、首だけ伸ばして智美がどこにいるかを探った。

智美は北棟の中央部に立っていた。

おりから雲に隠れていた月が姿を現し、青い幻想的な光が智美の裸身を浮かびあがらせた。着ていたレインコートは、足元に広げるようにして投げ置かれている。

(は、はだか……⁉)

屋上にあと数段というところでこっそり覗いている愛子は、夢でも見ているのではないかと疑った。

智美は白いパンティを穿いていて、それを脱ごうとするところだった。

片手だけを使っているのは、左手に何かを持っているからだ。

(あれは……携帯電話)

なぜ携帯電話を持ってパンティ一枚の上にレインコートという姿で真夜中の屋上にやってこなければならないのか。

愛子は屋上の周囲を見回した。期待していたような〝恋人〟の姿はなかった。

つまり深夜のデートというようなものではないのだ。

一糸まとわぬ姿になった智美が、高校時代からの見とれるようなスリムな肢体を西へと向けた。そこには夢見山が黒ぐろとそびえている。

智美が白いパンティを片手に持ち、それが旗ででもあるかのように左右にうち振りだした時、愛子は智美の精神状態を疑った。

携帯電話で聞いているのは、ワイセツな男女の交合を録音し再生して聞かせる、テレホンのサービスではないだろうか。レズっ気のある寮生の中にはそういうサービスの中からレズビアンものを選んで聞き耽り、莫大な通話料を請求された言い訳を親にどう説明したものか困る者もいる。オナニーの際、そういう刺激を求めたがるのは女性にしても同じこと。実は愛子も面白半分に性的な音声サービスを試したことがある。

だから深夜、携帯電話を使っている智美を見て、その用途だと思いこんでしまった。愛子は憧れている先輩のオールヌードを真横から見ていた。夢見山の展望台から誰かがこちらを観察し、携帯電話で命令を下しているという考えは少しも浮かばなかった。

なぜ屋上に来たのか、という疑問はある。

自慰行為に耽るのなら自分の部屋でだってできるではないか。

智美が両足を広げ、手で秘唇を拡げ腰を沈めるようにした。

彼女の股間から透明な液体が噴き出し、宙に弧を描いて飛沫を散らした。

愛子はこの瞬間、なぜ自分の部屋からここまで出てきたのか、それがわかったような気がした。

（先輩は、露出狂なんだわ……！）

露出願望が強くなると、どこでも裸になりたがり、恥ずかしい姿を人の目にさらしたがる。

この寮にいる愛子の級友はパソコンを持ち、インターネットにも造詣が深い。

「インターネットにはヘンな人が集まってるのよ。こういう趣味の女性もホームページを作っているんだから」

そう言って見せてくれたのが『Y子の露出部屋』というホームページだった。

Y子という若い女性が、街の中のいたるところで全裸になり性器を露出している写真が並べられていた。もちろんモザイクが局部を隠していたが、金を払って彼女のファンクラブ会員になれば、無修正の露骨な画像が手に入るという。

彼女が全裸になるのはたいていが夜で、デジタルカメラを三脚で立て、セルフタイマーで撮影する。それにしても人に見つかって、それが乱暴な男性だったりしたらとんでもないことになるのではないだろうか。本人はそのスリルを味わう時に最高に昂奮するらしい。

その中に、放尿している写真もあった。「外で立ったままおしっこするのは、最高に楽しいものです」というような本人のコメントがついていた。

それと同じことを智美がやってのけている。

だから愛子は確信してしまった。

(先輩は、自分が変態的な欲望を持っていることで悩んでいるのだ……)

そんな窃視者に見られているとも気づかず、全裸の若い娘は両手を頭の上にあげて足は左右に開いたまま、ゆっくりと腰をくねらせ始めた。

ストリッパーが舞台で観客にして見せるようなワイセツな動作。

形よい丸い尻が左右に振られ、前後に往復運動し、うすのように回転させられた。

(……！)

愛子にとっては刺激的すぎる光景だった。ただ呆然として、驚きの声が出ないように両手で口を押さえ、見守るだけだ。

智美は体の向きを変え、臀部を山のほうへ突きだすようにして、手で尻朶を拡げてみせた。真後ろに人間がいたとしたら、アヌスまでハッキリ見えたに違いない。

開いた股間から月光にキラキラ光るものがツーツーと糸をひくようにして屋上のアスファルトに滴っているのが認められた。

(愛液が溢れているんだ)

まっぱだかでストリッパーの気分になっている先輩は、もの凄く昂奮していることが確認できて、愛子の思い込みはもっと強固なものになっていった。

(きっと恋人が——男にしても女にしても——いないから、あるいは失ったから、あんなふ

うに過激なオナニーに走ってしまうんだ）

　それは愛子自身が、オナニー常習者であるからそう思い込むのも無理はないことだった。「自分も恋人が欲しい！」というのが、オナニーに走る時、終わった時に思うことだったから。

　非常階段の暗がりにうずくまりながら、屋上にいる先輩のうねり狂う白い裸身を見ているうち、愛子もまた激しい子宮の疼きを感じ始めた。

（いやだ、私も濡れてきちゃった……）

　パンティの股布のところがじっとり湿ってきたのがわかる。

　智美が、拡げたレインコートの上に仰向けに横たわった。両脚は拡げ、膝は曲げて、形のよい乳房を揉み始めた。携帯電話機はいま、彼女の顔の傍にある。

　彼女の手が秘毛の丘へと伸び、指が動くのが見えた。

（ああ、先輩のオナニー……）

　とんでもない状況で繰り広げられる憧れの先輩の自慰行為を、愛子は自分の乳房と股間をパジャマの上から触り、揉みながら凝視し続けた。

　そこで自分も指の快楽に耽らなかったのは、智美より先に自分が姿を隠さなければいけないからだ。

「あー、ああっ、ううー……」

夜気をついて智美の喉から孤独なオルガスムスの到来を告げる叫びが聞こえてきた。レインコートの上で跳ね、痙攣する白い四肢、揺れる乳房、悶えるヒップ。

(美しい……)

愛子はしばらくの間、智美の裸身に見入っていたが、そっと足音を殺して階段を降り、自分の部屋に戻った。

ドアを閉めた途端、気がゆるんでへたへたと床に膝をついてしまった。

(とんでもないものを見てしまった……)

憧れの先輩が強度の露出願望の持ち主だとは思わなかった。

(でも、何とかしてあげないと、寮の誰かが気づいたら大変なことになる……)

コト。

非常口が開き、閉まる音がした。愛子はすばやくドアの覗きレンズに目を押しつけた。

香野智美がレインコートの前を合わせて押さえるようにして、そそくさと廊下を通り過ぎていった。

(あれ……)

愛子は意外の念に打たれた。

智美の顔はかつてない、おだやかな満ち足りた表情を見せていたからだ。

（どうなっているの……？）

愛子はパジャマを脱ぎ捨てた。股布の部分が尿を洩らしたようにシミになっているパンティも毟るようにして脱ぎ捨てた。

ベッドに横たわり、さっき智美がやったように乳房を揉み、股間に手を這わせた。

激しく指を使い、濡れた粘膜を、秘核を刺激する。

「ああっ、先輩……。ひとりで楽しむなら愛子をかわいがって……！」

叫びながら腰を振りたて、孤独なオルガスムスへと若い肢体を追いあげていった——。

第十章　女子寮侵入計画

（すごい。こんなにうまくゆくとは思わなかった……）

深夜の展望台から降りてきて、自分の部屋に帰りついた松園舜は、熱いシャワーを浴びながら、困難な任務を達成したような満足感に浸った。

拝島正巳の突然の死から一週間たった夜だ。

——事故死の翌日、遺体は荼毘に付され、遺骨は親代わりだった叔父夫婦に抱かれて四国の郷里へと帰っていった。

近所の葬祭所で行なわれた簡素な葬儀に、舜は隣人としての顔を装い参列した。

（正巳、おまえの秘密はおれが全部預かった。安心してくれ。……そして、おれに最高の快楽を教えてくれて、ありがとう。心残りなく成仏してくれ）

遺影を前に、口から発せられない言葉を胸中で伝え、合掌してからまた遺影を見上げると、ふいに彼の頭の中に正巳の声が響いた。

《感謝するよ、舜。お礼はあの『Rプロジェクト実行日記』。ぼくがやり残したことを、きみがやり遂げて欲しい。そうしたら成仏できる》

あまりにもありありと聞こえた幻聴だったので、驚いて周囲を見渡してしまった。正巳が生きていて、彼の傍に立って囁いたのではないかと思ったからだ。

(あの声は何だったのだ……)

霊魂の存在など信じたことのない舜だが、信じたくなった。

(いや、あれは確かに幻聴だ。おれの深いところで眠っている欲望が、おれをけしかけるために発した声なのだ)

MOドライブの中に隠されていた正巳の秘密計画を記したファイルを、あれから毎晩、舜はパソコンで開いて検討している。

彼の目の前には、二百五十人の若い娘が寝泊りしている女子大の学生寮に潜入し、その中の誰でも襲い、好きに凌辱できる、襲撃作戦プログラムがあるのだ。

(だが、これは、マミという美しい女がいたからこそできた襲撃作戦だ。おれには不可能だ……)

しばらくの間、舜はそう思ってきた。

しかし、その夜、あらためて日記を読みなおしている時、彼でも安全に、危険に身をさらさなくてもできる辱めの作戦があることに、卒然として気がついた。

それは正巳が死の直前、満月の夜に行なった電話による遠隔操作だった。

正巳は最初の襲撃から一ヵ月後、この方法で香野智美を辱めた。

なぜ彼が、次のターゲットである神将愛子を襲わなかったのかはわからない。

それ以外にも十人ほどの寮生がリストアップされていたのだ。

展望台から望遠鏡で観察を続けて絞り込んだだけに、どれも皆、美人でみずみずしい娘たちばかりだ。

香野智美をあれだけ見事に襲い、凌辱し尽くすことができたのだ。他の誰だって犯すことができると知ったはずだ。味をしめて愛子に襲いかかるのがふつうだろう。

それなのに彼は智美にこだわった。

それだけ、智美の肉体に魅せられたということなのだろうか。とりあえず智美を完全に屈服させてから次の獲物にとりかかろうとしたのだろうか。その意図は今となってはわからない。

ただ、同じターゲットを二度、続けて犯すのは危険が増す――と考えていたことは確かで、それは、襲撃後の日記にも記されている。

《＊月＊日
この一週間、香野智美の反応を望遠鏡と盗聴器で観察しているが、特に変わった様子はない。だが内心、どこから侵入されたのか、誰に犯されたのか、いろいろ考え、憶測しているのは確かだ。まだ進入路には気づいていまい。それでも今度はやすやすと侵入できないよう工夫なり罠なりを仕掛けているかもしれない。だから彼女については同じやりかたで犯すことは避けたほうがいい。
香野智美を再び凌辱するには、寮の外に呼びだして行なうほうがいい。それには奴隷の自覚を持たせる必要がある。携帯電話を通じて彼女を隷従させる実験をやってみよう……》
その夜は満月だった。男でSの正巳が最高のピークに達する時だ。
正巳は愛車ミニ・クーパーを駆って夢見山の頂上にある夢見山公園展望台に向かった。彼が持参したのは携帯電話機と、それに接続できる小型のテープレコーダー、さらに三脚に載せた高倍率双眼鏡。
無人の展望台に陣どると、正巳は自分の携帯から智美の携帯に電話をかけ、有無を言わさずに屋上に出るように命じた。
そこで智美は、正巳が驚くほど従順に全裸になり、すべての命令にあたかも自ら望んだかのように従った。

放尿し、淫らな尻振りダンスを踊り、最後は仰向けになって秘部に指を使い、激しいオルガスムスに自分を追いやった。

そのあられもない姿を双眼鏡で眺め、よがり声から呻き声まですべての発声を録音しながら、正巳もサディスティックな昂奮に駆られて自分のペニスをしごきたてた。

最後は智美がイクのとほとんど同時に射精したらしい。

《この手で犯したわけではないのに、これほど強烈な快感を得たのは初めてだ。電話の声だけで人を言いなりにさせる快楽は、肉を犯す楽しみより上だ。なぜならそれは心を犯すからだ。縛ってレイプするなどというのは、子供の遊びのようなものかもしれない》

そんなことが当日の日記の最後に記されている。

舜はこの夜の作戦に注目した。

(これなら、おれにもできる)

智美の携帯電話の番号は正巳の作ったデータベースに記されている。

車はある。双眼鏡と三脚は正巳の部屋から持ちだしてある。

問題は香野智美が携帯電話の電源を入れているかどうかだが、もし切られていても、部屋に入っている普通電話機のほうに電話すればいいのだ。その番号も正巳は記録してある。

(よし、この女がどんなふうに反応するか、やってみよう……)

早く言えばイタズラ電話に近い。自分に危険なことが降りかかる恐れはない。

――そこで深夜、自分のシビックで夢見山の展望台に向かったのだ。

ひと月前、正巳が立っていた場所に立つと、それこそ石を投げれば届きそうな感じの近さに『友愛タワー』の屋上が見下ろされる。

双眼鏡を三脚の雲台に装着し、五階の部屋にピントを合わせた。

倍率二十倍ともなると少しのブレでも視界の全体が激しく揺れる。三脚に載せないと船酔い症状を呈してしまうだろう。

(これは……よく見える)

窓から誰かが顔を出せば、その表情までわかりそうだ。もちろん向こうからこちらを視認するのは、夜だとまず無理だろう。

図面を何度となく見ていたから北棟五一四号室はすぐにわかった。

時刻は一時少し過ぎ。他にいくつか明かりが点いているが、香野智美の部屋は真っ暗だった。

(よし、決行だ……)

折から、ほぼ満ちた月が中空の雲間から姿を現した。

舜は智美の携帯電話の番号をプッシュした。

すぐにつながり呼び出し音が鳴った。電源は入っていたのだ。それが少し意外だった。智美はすでに一度、その電話によって辱められている。自分を辱めの世界に導く道具なら、捨ててしまうか、少なくとも電源を切っておくのがふつうではないだろうか。

女子大生はすぐに出た。

《はい？》

か細い、怯えたような声。その声が鼓膜を震わせたとたん、舜は激しく勃起した。

彼女は最初、かなり当惑していた。それはそうだ、自分を犯した強姦魔ではなく、まったく別の人間が同じ目的でかけてきたのだから。

だが、案外素直に彼女は応じた。

(ひょっとしたら、こうやって脅かされることを期待して待っていたのではないか……？)

そんな気さえしたほどだ。

まもなくレインコートをまとった香野智美が屋上に出てきたときは胸が躍った。

実物の彼女を見るのは、これが初めてだった。

レインコートを脱がせ、白いパンティ一枚の姿を見て、そのよく引き締まった、理想的なプロポーションを持つ肢体に驚嘆した。

(さすが、高校時代は新体操部にいただけのことはある……)

　そういうデータは、すべて正巳が拷問した時に訊きだしたもので、それは『Rプロジェクト実行日記』に記されている。実際、今、初めて見る香野智美の、生い立ちから家族構成、性体験の詳細にいたるまで、彼は熟知しているのだ。

　正巳が命じたとおりのことをやらせてみた。まずパンティを脱がせ、それを旗のように振れと告げると、双眼鏡の視界の中で女子大生は全裸になり、そのとおりに行動した。

（いいぞ……）

　言い知れない歓喜が、二十五歳の若者の胸に湧きおこった。

　他人を完全に掌握し、支配したとわかった時に味わう、自我の拡張してゆく快感。それは高性能のスポーツカーが、アクセルを少し踏むだけで加速してゆく時の快感と似ている。人であれ物であれ、何かを自分の思うがままに動かせる瞬間、彼の自我は拡張して、高揚感を味わわせてくれる。

　それから三十分というもの、舜は二十歳の娘を支配することの快感に酔った。

　彼女は放尿しろと言うと脚を拡げ秘唇を指で開いて尿を宙に噴射させた。

　高倍率の双眼鏡は噴水のきらめきさえハッキリと捉えた。アスファルトの上に広がる水たまりも。

（これは、こたえられない）

正巳がやらせたように、手を頭の上に伸ばさせて下腹を突きださせたりひっこめさせる、わいせつな動作をさせた。左右に尻を振らせた。くねくねと回転運動をさせた。

後ろを向かせて、臀裂を左右に割らせてアヌスを露出させた。双眼鏡ではアヌスまで視認はできなかったが、彼女が昂奮している様子は伝わってきた。

正巳の命令を繰り返したのは、自分が彼の継承者であることを証明させようと思ったから。声は違うものの同じ辱めを受けることで、智美はこの継承者の正統性——赤の他人ではないことを思い知らされるだろう——と考えたからだ。

最後に、脱いだレインコートの上に仰向けにさせて、臀部を浮かせて回転させながら自慰をするように命令した。

顔の傍に置いた携帯電話を通じて、甘い切ない呻きが聞こえてきた時、舜の昂奮も最高潮に達した。夢中で彼も自分の欲望器官をとりだし、焼けるように熱い、鉄のように硬いそれをしごきたてた。

どろどろに溶けた白い激情は、智美が「イク」と叫んだのと同時に展望台の擁壁のコンクリート壁にしたたかにぶちまけた——。

シャワーを浴びた舜は、裸で腰にバスタオルを巻きつけ、ベッドに寝転がった。

(正巳、おまえはレイプの天才だ。おまえのやりかたでたっぷり楽しませてもらった。礼を

言うぞ）

　今は亡き倒錯プレイのパートナーだった青年に胸中で語りかけたものだ。

（だが、おまえがいくら「やり残したことをやり遂げて欲しい」と言っても、これ以上は無理だな。おれはマミにはなれない。『友愛タワー』に入ることも、いや、キャンパスに入りこむのも無理だ。せっかく、女たちの部屋べやに道が通じているのに、残念だが……）

　となると、自分にできるのは智美を遠隔操作で好きに弄ぶことぐらいだ。

（それはできる。あの女なら、もう完全に奴隷だ。何を命じても従うだろう。たとえば下着を着けさせないで電車に乗せて、おれが途中で痴漢になって襲うとか……。それぐらいなら、いくらもできる。だが、もう一人の子――神将愛子と言ったな、彼女を襲うというのは無理だ）

　真夜中に動き回った疲れが出たか、少しまどろんでしまった。

　ふいに耳元で声がした。

《できるよ、舜。一度、試したじゃないか》

　びっくりしてはね起きた。

　誰もいない。

（空耳か）

　確かに正巳が耳元で囁きかけたような気がしたのだが。

(正巳が幽霊になって、おれにとり憑いているんじゃないだろうな)

葬儀の時の声といい、なぜ、こんなに実在の人物がしゃべっているように聞こえるのだろうか。

舜は幻聴の言葉を反芻《はんすう》してみた。

(「一度、試したじゃないか」……? ああ、女装させられたことか)

正巳はマミになっている時、よく舜をけしかけたものだ。

「舜はマミの仲間だよ。つまりうまく女に化けられる男。やってみない?」

そのたびに舜は苦笑して断った。

「それこそ化け物になるだけだ。やめておくよ」

だがある夜、マミがあまり強引に誘うので、簡単な化粧ならいいと言って、マミの誘いを受けいれてやった。

喜んだマミは舜を化粧鏡の前に座らせた。

どこで習い覚えたのだろうか、彼女は巧みな、しかし確実な手つきで舜にお化粧を施した。ファンデーションを塗るところから始めたそれは、約束に反してなかなか本格的なものだった。

その時、マミは嬉しそうに言ったものだ。

「ほらね、舜はおんな顔なのよ。ゴツゴツ角張ったところがなくて、喉仏も私と同様に目立たない。こういうのは女に化けやすいんだから。見ててごらん」

マスカラまでつけられ、口紅を塗られるころには、舜は鏡から目を離せなくなっていた。マミの言ったとおり、どんどん自分の顔が女の顔に変わっていったからだ。

顔だけではなく、体まで女になり切ってゆくような錯覚。

最後に下着を着けさせられた。舜も小柄な体格でマミとサイズ的にはそう変わらない。彼女が着けているパッドの入ったフルカップのブラジャーは、後ろのホックの位置を一段ずらすだけで、やすやすと舜の胸に装着できた。

「うーん、これは……」

スリップを着けた段階で、舜は自分が本当は女に生まれてくる存在ではなかったか、と疑ったほどだった。つまり自分で自分の下着姿に昂奮したのだ。それほどセクシィな若い娘に変身してしまっていた。

そのあとで「今夜はレズプレイね」と誘われたセックスは、舜をものすごく燃えさせたものだ。鏡に映してみると、まさにレズビアン同士がからみあっているように見えるのだが、実は男二人が抱きあっているのだ。

だが、化粧も下着女装も、その時一度だけだった。

マミがあまりにも女になり過ぎているので、それと比較したせいもある。

彼女と並ぶと、自分はやはり「男」だと思い知らされる。

舜があまり乗り気でないのをマミはさかんに残念がり、

「今度はもっと時間をかけて化粧をし、カツラも用意して、舜を完璧な女にしてあげるわね」

と言っていた。しかし二度目の機会はないまま、正巳は死んでしまった。

その時のことを思いだし、舜は思わず体を起こして、死者に向けた言葉を口にしていた。

「正巳、それは無理だ。おれ一人で化粧して女装して、あの女ばかりの大学に入っていけというのか？　バカなことは言わないでくれ」

確かに化粧品や女装の衣装はひととおりそろっている。だが、その使い方を知らないのだ。

正巳の声はもう二度としなかった。納得したのだろうか。

——ところが翌日、得意先回りの途中で寄ったラーメン屋のカウンターに投げ置かれた男性向け週刊誌をパラパラとめくると、ある記事が舜の目に飛び込んできた。

『ただいま売れっ子——男性を女にする新商売〝お化粧から歩きかたまで、女装のすべてを教える個人教授の美容師さん〟』というタイトルだ。

場所は新宿、ゲイバー勤めの女装者の客が多い美容院で、いろいろ相談を受けている美容師が女装者に関心を抱き、「プロアマを問わず、女装者の技術向上のためになるなら」と、店が終わってから個人的なカウンセリングや指導を行なうようになった。やがて評判になり、今では各地から女装初心者がやってきて、ここで完璧な女装技術を教わっていくようになった――という内容だった。写真で見る美容師は四十代半ば。あだっぽい感じの下町ふう美女だ。

（昨日の今日、こういう記事が目に飛び込んでくるというのは、単なる偶然以上のものがあるのかな）

憮然としてしばらく考えこんでいた舜だが、思いきって書かれている番号に電話してみた。出てきた美容師の女性は、彼の希望を聞いて、二日後の夜に店に来るように――と言った。料金はフルコース・メニューで五万円だという。

「その時、下着だけは持参してきてください。あと、体の毛はできるだけ剃っておいてくださいね」

その夜、舜はセーラー服援助交際の祐希に電話して、彼女を呼び寄せた。

「嬉しい。拝島さんが亡くなったと聞いたから、松園さんと縁が切れちゃうかな、と思ってたとこ」

正巳の手でかなりマゾヒズムを開発され、彼がSの時の欲望のはけ口となって金をもらっていた美少女は、セーラー服姿のまま、嬉しそうな顔をしてやってきた。

「今日はすごいプレイをしよう」

舜は彼女にカミソリを手渡した。女子高生は怯えた表情になった。

「おれの毛を剃るんだ。全身くまなく」


二日後の夜、仕事を終えてから新宿のその美容院を訪ねた。出てきた女主人は、舜の姿を一瞥して言った。その目は舌なめずりする猫を思わせた。

「あなた、プロになる気？」

「いえ、それはないです」

「残念ね。土台がいいから、いい女になれるわよ。新宿ならお金を稼げるのに」

カーテンを引いて外から見られないようにした店内で、中年の女性美容師はまず舜の顔に化粧を施した。

「どういう雰囲気の女性になりたいの？」

「女子大生っぽくなりたいのですが」

「お安いご用よ。あなた、肌が若々しいから。中年過ぎてから女子高生になりたいという女装者がけっこう多くて、それにはさすが苦労させられるけど」

さすがプロだった。何を使ってどのように化粧をするのか、それを懇切丁寧に教えながらの化粧だったから時間がかかったが、一時間後、舜はどうしてもそれが自分だとは思えない清楚な美女を鏡の向こうに見た。

「女子大生というと……髪はやっぱりワンレングスかな」

「あの、あまり顔が見えない感じにお願いします」

ガードマンのいる関門を二つ突破しなければならないのだ。

「だったら前髪をこう下ろして、サイドをこうふくらませて……」

自前の髪はネットをかぶせ、その上から肩までかかる長い髪のカツラをかぶせてもらった。

「はい、ヘアとメイクは完了。次はコスチュームね。ランジェリーは持ってきた？」

「ええ」

正巳のスーツケースの中から、白い無難なパッド入りフルカップブラと、はきこみの深いフルバックのショーツを取りだした。

着付けのための部屋に連れていかれ、そこでランジェリーの基礎知識、着けかた、着こなしの技術を教わる。

「プロのニューハーフやシーメールだと特別の前の隠しかたがあるんだけど、それは必要ないわね。じゃあそれを着けて。まあ……、きれい！」

舜が全裸になると、美容師は改めて彼の肌のきめの細かさをほめ、一毛残らず――祐希に金を払って睾丸の後ろや肛門の周囲に至るまで剃ってもらったのだ――処置してきた心がけのよさを称賛してくれた。

「最終的には女子大生がいいのね？　じゃあ上は白いブラウスに下は紺のタイトスカート。それにブレザーのジャケット。襟にエルメスのスカーフと……」

貸衣装もやっているのだろうか、ひと部屋、さまざまな衣装がぎっしりと吊るされている部屋があり、美容師はその中からいかにも女子大生に見えるような衣装を見つくろってくれた。サイズは十一号。

「まじめな女子大生でいく？　それとも遊び好き？」

「まじめなほうにしてください」

「そっちのほうがバレにくいわね。こうやってメガネもかけてみようか」

サイズ二十五センチのパンプスを履くと、たちまち地方出身のまじめそうな才媛女子大生ができあがった。

「これだと、どこの女子大に行ってもバレっこないわよ」

自分が作りあげた仮想の女子大生の仕上がりに、美容師は満足そうな顔になった。舜も同様に満足した。

その洋服はレンタルしているというので、彼は一式を借りることにした。

「じゃあ最後は歩く練習。はい、まっすぐ立って……。いい？　まず男本来の骨格と女の骨格の違いから理解しましょう」

美容師の説明で、男が女の真似をする時のポイントがわかった。

「腕は肘をこう、体の側面につけるようにして、脚は腿と腿がすり合うように気をつけてね。じゃ、練習」

歩く、座る、立つ、物を持つ、しゃがむ、走る、振り返る。コーヒーカップを持つ、箸を持つ……。さまざまな動作をいかに女らしく、しかもやり過ぎないようにやってのけるか、美容師は何度も繰り返してやらせた。

真夜中近くまでかかって、ようやく全コースを終了した時には、舜は汗びっしょりになっていて、その汗をハンカチで拭こうとして注意を受けた。

「〝男はこする、女は押しこむ〟って言うでしょう？　汗を拭く時、ごしごし拭いちゃダメよ。第一、せっかくのお化粧が崩れるじゃない」

美容師から女子大生用の衣装一式を借りて、舜は女装したまま車を運転して夢見山まで戻った。

自分の部屋に入り、あらためて鏡に女装の姿を映して舜は決意した。

（これなら、キャンパスも寮の玄関も抜けられる。よし、決行だ。神将愛子をおれのモノにするぞ！）

第十一章　密室の指戯

それ以来、仕事帰りに夢見山公園展望台に車で寄るのが舜の日課になった。

正巳がそうしたように、双眼鏡でターゲットの行動パターンを観察し、今もなお神将愛子の部屋で稼働している盗聴発信機の電波を専用の受信機で聞くためだ。

正巳が最初の侵入でひそかに設置した盗聴器は二股コンセントの形をして、愛子の勉強机の下のコンセントに取り付けられている。実際に二股コンセントとしての用を足しているので、タコ足配線が当たり前の、コンセントが少ない寮の個室では重宝され、まず片づけられることがない。

非常に性能がよく、そのＦＭ電波は展望台まで軽く飛んできた。

テレビの音声が聞こえてくることが多いが、時たま電話で話している声が聞こえてきた。同じ館内なのに友人とは電話で話す習慣がついていることに、舜は驚かされた。

その会話の中で、ある夜、愛子はこう言った。

「明日のコンサートは行けない。だって生理二日目なんだもの」

これでおおよその生理周期が把握できた。あと三日もすれば生理は終わる。

(よし、四日後に決行だ！)


当日、舜は病欠で二、三日休むと会社に届けた。

夕刻、念入りに、ただしやり過ぎないように注意して化粧し、どこから見ても女子大生という格好になった舜は、車で聖美学園女子大の近くまで行った。

手にはバッグと何冊かの本を持ち、素通しのメガネをかけてショルダーバッグを肩にかけ、バックミラーに映してみた。

(OK！　これなら絶対にバレない)

あの美容師に教えられ、毎日練習してきた歩きかたでキャンパスの正門をくぐった。さすがに胸がドキドキする。

内側の守衛室にいる中年の守衛二人は、彼女になんの注意も払わなかった。

(第一関門突破！)

自信がついた。

次は『友愛タワー』の玄関である。

六時ちょうどに寮の食堂が開く。それに間に合うよう寮生たちが三々五々、校舎のあちこちから戻ってくるのを待った。

数人があい前後して帰ってきたとき、舜は前髪で顔を隠すようにして、うつ向き加減でその列に加わった。

玄関の受付にいた女性警備員も寮生たちも、誰ひとりとして舜が部外者でしかも男性だということには気がつかなかった。疑うような目さえくれない。

(やった！　第二関門突破！)

館内に入った時、彼の男の器官はショーツの下で激しく勃起し、タイトスカートでの内股歩きが難しくなったほどだ。

地下に降りる階段を見つける。洗濯室があるので階段を降りてゆくのは不思議な行動ではない。

地階には長い廊下があって、中央部の突き当たりが機械室だった。

図面を睨み続けていたから一度来たことがあるのではないか、と思うほど方向と位置が読め、館内に入ってからの舜はほとんど迷うことがなかった。

正巳の車のキーホルダーについていた鍵を鉄の扉の鍵穴にさしこんだ。それはスムーズに回転し、ノブを回すと簡単に開いた。思わず安堵の息をつく。それが違っていたら侵入作戦は中断するしかなかった。

するりと滑り込み、手早く扉を閉める。ここだけは女子大生が場違いな場所なのだから。

（とうとう来てしまった）

機械室の中で息を整え、リラックスしてから、『パイプスペース』と書かれた細いドアを開けた。そこには鍵がかかっていない。中に入ると真っ暗だったので、ペンライトを取りだして周囲を探った。

太い配管とエアーダクトが何本も垂直に立ち上がって屋上まで突き抜けている。それは建物の中に入りこんでいっしょに成長した大樹のように、各階ごとに左右に枝分かれしている。

（この格好で五階まで登るのは大変だ……）

思わず腰がひけたが、正巳が二度もやってのけた侵入なのだ。自分がやれないことはない。

パンプスを脱ぎ、ショルダーバッグは背にリュックのようにかける。

（よし、行こう）

狭いパイプスペースの壁に取り付けられた金属製のハシゴを登っていった。

すべては正巳がやってのけたプログラムにならっている。それが今のところ一番安全で確実な侵入法だ。何しろ二度も実施して失敗していない。

途中で何度も休みながら、五階も過ぎて屋上に突き抜けている塔屋の中まで辿りついた。もし図面を見てパイプスペースの構造を熟知していなかったら、正巳の日記に記されていた行動を読んでいなかったら、とてもではないが挑戦できなかっただろう。何しろペンライトの光が届かない闇が彼を包んでいるのだから。

一階ごとに踊り場があり、鉄の扉がある。廊下との出入口だ。また、垂直のエアーダクトに入る点検口もあった。このパイプスペースにいる限り、原理的には二百五十すべての寮生の個室に入りこめるということだ。

（泥棒にとっては夢のような場所だな）

あらためて大きな建物の中には居住者も知らない、意外な通路が隠されていることを実感した。

ようやく五階を過ぎ、屋上の塔屋に辿りついた。さすがに息があがってしまった。

この塔屋は一坪ほどの四角形で窓のない小部屋だ。ここには何かわからない水道ポンプのようなものと電源ボックスが設置されていた。屋上に出る鉄の扉がある。鍵は外側からかけるようになっていて、内側からはラッチを回すと開いた。寮生などが入りこまないように外から開かないようにしてあるのだ。

内部は人がひとり横たわれるほどのスペースがあり、しかも機械室からのボイラーや温水の余熱が上がってくるのでほどほどに暖かい。

舜は、かつて正巳がそうしたように、そこで体を伸ばし、仮眠をとった。

空腹になると持参したカロリーメイトをかじってしのいだ。尿意を催すと屋上に出て、雨水の排水口のところにいき、しゃがんで放尿した。飛沫が飛ばないようにするのと、立ったままではタイトのスカートをうんとまくらないといけなくなるからだ。

(ヘンな気持だぜ。女になりきったようだ)

苦笑してしまった。

夜はふけていく。真夜中になると彼は屋上に出て、非常階段のところから身を乗りだして一番北の端、神将愛子の部屋である五二〇号室の窓を窺った。明かりが点いていた。まだ起きている。

もう一時間待って、また覗いてみた。暗い。

(よし、眠ったぞ。突入作戦開始だ)

塔屋の中で着ているものを脱いだ。穿いてきたショーツまで脱いでまっぱだかになる。カツラもメガネもとる。

バッグの中にはパンティストッキングに入れた品物が入っている。中身はナイフ、手錠、麻縄、ガムテープ、デジタルカメラ、コンドーム、それにオリーブオイルの瓶。

自毛のネットはそのままで、バッグに入れて持参してきた黒いパンティストッキングをかぶった。まだすっぽりかぶらずに顔だけは出しておく。

次に腰にパンティストッキングの両足を巻きつけるようにして、即席のウエストポーチとした。

再びパイプスペースに戻る。五階のエアーダクトは屋上の直下、廊下の真上を走っているので、すぐ目の前に角型のパイプに入り込む点検口があった。蓋は簡単に開き、彼を愛らしい娘の部屋まで導いてくれる秘密の通路が現れた。

(行くぞ)

高さと幅は一メートルほどのスペースだ。中はツルツルのステンレス材で、竣工したばかりだから埃はほとんど付着していない。今は冷房も暖房も稼働していないので全裸で入り込んでもどうということはない。

ペンライトで前を照らしながら、音をたてないようジリジリと這い進んでゆくと、すぐに目の前に太い鉄の格子が現れた。

直径が一センチほどの鉄柱が縦に三本、上から下まで突き抜けている。枠にじかに溶接されているので、これを外すのは大変な作業だ。これが設計者たちが防犯のためにつけ加えた設備だ。同じことを考えてダクトに侵入した人間は、これを見れば諦めるだろう。何せ頭がようやく入るか入らないかという間隔しかない。うっかり突っ込めば進退きわまってしまう。

正巳は設計を命じられて、職権でこの柱と柱の間隔を自分が指定した数値にした。

その間隔は二十七センチ。ただ見れば絶対にその隙間を大のおとながくぐり抜けるのは無理だと思う。竣工検査の時にも、この格子はパスした。誰もが、これだけ狭い間隔なら人間は通過できない、と確信したのだ。

舜はその手前で止まり、腰に巻きつけていたパンストの即席ポーチをほどき、中からオリーブオイルの瓶を取りだした。パンストは他の中身ごと格子の向こうに滑らせておく。

（うまく、いくか……）

二本の鉄柱にオリーブオイルを塗りつけた。次に自分の一毛残さず剃毛したなめらかな肌に、耳の横から肩、腕の外側、脇腹、腰、腿の外側――と、ヌラヌラした高級植物油を塗りつけた。

（さて、ゆくか）

舜は鉄柱の間に頭をさし込み、体をねじって横臥する姿勢になった。

この関門をくぐり抜けるため、舜も正巳同様、きびしいダイエットと肉体的な鍛練を与えてきた。

（正巳はおれより細かったからラクだったろうが……）

ジリジリと体を進めてゆく。たちまち耳やら肩やら、突起部分が鉄の柱にひっかかって遮られてしまう。

「そこで諦めてはダメだ」と正巳は日記に記している。自分の部屋で実験した時は大丈夫だったのだから、絶対すり抜けられるという信念で進んだとも書いてあった。

(抜けられるんだ)

舜も自分に「抜けられる」と言いきかせながら、抵抗があると体をよじり、凹ませられる部分はギリギリ凹ませ、時には四肢を曲げたりひねったりして、鉄柱の隙間に体を押し込んでいった。

もし服を着ていたら、素肌に何も塗っていなかったら、間違いなくひっかかってしまい、にっちもさっちも行かなくなったに違いない。だが全裸の体と柱の双方にオリーブオイルを塗ってあることで、摩擦は極限まで減らされた。

(お……)

ダメかと思ったとたんにスルリと抜けることが何度かあり、彼は十分ぐらい奮闘したあと、ついにこの狭い格子をくぐり抜けることができた。

(やった！)

狭い空間の中で汗まみれになっていた舜は、通過できた時、言いようのない高揚感を覚え、思わず快哉を叫んでしまった。ロッククライミングの難所——オーバーハングを乗り越えた登山家のように。

（それにしても正巳のやつ、よくもこんな方法を考えついたものだ……）

しばらくハアハアと息を整えながら、あらためて舜は亡友の緻密な計画力に舌を巻いた。

彼は脱獄囚の記録を読んで、このアイデアを得たらしい。

後はなんの障害もない。

じりじりとエアーダクトの中を這い進んだ侵入者、いま現在、この建物の中での唯一の男性は、とうとう突き当たりの部分まで辿りついた。

T字型に分岐していて、左が五二〇号室、神将愛子の部屋だ。

いよいよ念願の瑞々しい処女の肉体にありつける。格子を抜ける時は完全に萎えていた下腹部の肉器官は、吹出口から漂いこんでくる若い娘の肌の匂い、髪の匂いを嗅いで早くもいきりたった。

（この分岐から一メートルのところ。ここだ……）

図面を思い浮かべながら左手で横壁を探ってゆくと、掛け金が手に触れた。中からも外からも開けられる点検口の蓋の掛け金だ。ついに舜は目的地に到着したのだ。

（待て待て、その前にちゃんと寝ているか確かめないと……）

天井に近い壁に抜けている吹出口からは室内が覗ける。それはベッドの足元の壁だから、寝ている愛子を見下ろせるはずだ。

彼はさらに進み、終点である吹出口の羽根格子に顔を押しつけた。

(う?)

低い呻き声が闇の中から聞こえてくる。

「う、ううっ、はあ、ああ……」

甘いやるせない呻き声、喘ぎ声。

真下のベッドの上で白いものが躍っている。

目をこらすと若い女のまる出しの臀部だ。

愛子は上がけの毛布をはねのけ、ベッドの上でうつ伏せになり、パジャマのズボンもパンティも脱いで下半身はまるはだかだった。

(オナニーをしているのか、この娘は……)

唖然とすると同時に、強烈な欲望の炎が燃えあがった。

愛子は枕に頬を押しつけ、右手が体の下になって、たぶん秘部にあてがわれている。左手は折り曲げられているから、パジャマの上着をはだけて乳房を揉んでいるのだろう。丸い豊かな臀部は少し持ち上げられ、股はわずかに開かれている。

（これはそそる眺めだぜ……）

愛子が起きていることで侵入開始まで待たされることになるが、それで舜がいらだつということはなかった。男なら誰でも、若い娘がオナニーしている姿を覗き見するのは夢のようなことだ。

息も止めるぐらいに静止しきった侵入者の眼下で、やがて喘ぎ声が高まり、ついにオルガスムスの叫び声が発せられた。

「智美先輩！」

愛子がそうやって叫び、全身を突っ張らせるようにして痙攣し、やがてぐったりと伸びてしまうのを、舜はずっと覗き見ていた。

（智美？　香野智美のことか？　なぜ彼女の名を？）

びっくりし、考えこんだ舜の直下で、若い娘はトイレに行き、戻り、孤独なオルガスムスを味わったあとの心地よい疲労感の中でスーッと眠りの中に落ちていった。

第十二章　処女唇接写

愛子は寝入りばなを襲われた。

就眠前の日課であるオナニーに耽り、快美なオルガスムスを味わったあと、トイレにいき便座に座って放尿した。

この寮の便器はみなシャワー装置がついている最新式のものだ。尿をすませたあと、横の操作パネルの『ビデ』というボタンを押すと、自動的に温水が噴き出してきて性器を洗浄してくれる。あとは温風で乾燥もしてくれるが、愛子はトイレットペーパーを使って水滴を拭う。

それからベッドに潜り込み、枕に頭を載せたと思ったらすぐに眠りに落ちた。

コト。

ドアのほうで微かな音がしても、彼女のスウスウという寝息は一定の深いリズムを保っていた。

ドアから入ってすぐの、靴脱ぎスペースの真上の天井が、埋め込みの照明器具ごとパカリと上に向かってはね上げられた。

——これが正巳の独自に考案した天井点検口だった。

天井板がそっくりはね上げ式の蓋になっているのだ。上からは把手があり、下からは照明器具のところにつまみがある。それを使えば簡単に開閉ができる。開口部はドア間口いっぱいだから、大人が無理なく体を通過させることができる。

エアーダクトに沿って給電、給排水、給湯管が走って、そこで各個室に引き込まれている。

「ここに点検口を作ればメンテナンスがラクです」と正巳が提案し、その案が採用されたわけだ。

ただ、寮生にはまったく関係のない設備なので、誰もそこにそんな出入口があるとは知らない。押し入れの天井を疑った智美にしても、まさかドアの真上までは疑わなかった。

侵入者——舜は懸垂の要領で体を下ろし、静かに床に降り立った。

しばらくじっとして奥の洋間から聞こえてくる寝息に耳をすます。

うなずくと、まず腰につけたパンストのウエストポーチから梱包用のガムテープを取りだした。頭にだけかぶっていたパンストを引き下ろし、顔をすっぽりと覆った。黒いタイツに近い厚さのものだったから、これで容貌は判別できなくなった。

侵入者はまず、梱包用のガムテープを女子大生の口に貼りつけた。

驚愕した愛子が跳ね起きようとすると、強い力でベッドにうつ伏せにし、両手を後ろにねじあげ、手首に手錠の環をかけてしまう。

ガチャ。ガチャッ。

後ろ手錠をかけられても、十九歳の女子大生は、まだ夢を見ているのではないかと疑ぐっていた。

(強盗……!)

ようやく自分を見舞った凶運に気がつき、愛子はすさまじい恐怖に圧倒された。

なぜなら頭から黒いパンティストッキングをすっぽりかぶって容貌を隠した襲撃者は、下着一枚着けていない全裸で、男性の器官は股間に隆起していたからだ。

(そんなバカな……。どうして?)

男子禁制のこの女子寮に、全裸の男がいるのだ。目を疑うのも無理はない。

侵入者は彼女の背に逆向きに馬乗りになり、パジャマのズボンを穿いた下半身の自由を奪うべく足首に縄を巻きつけていた。彼女は下肢の自由も奪われてしまった。蹴ることもできない。

（殺さないでッ！）

パニック状態に陥った若い娘は、それだけを祈った。

愛子は処女だが、男が何のために侵入してきたのか、次に自分の身に何が起こるかを想像できないほどウブではない。

幸い、生理が終わったばかりだ。

（不幸中の幸いだわ）

恐怖に痺れたようになっている脳裏に、そんな思いがかすめた。レイプで処女を奪われるのも悲惨だが、妊娠の恐怖に怯えたり生理出血している秘部を見られるのはもっと惨めだ。

「ふう」

拘束を終えた時、侵入者が吐息をつくのが聞こえた。彼もまたかなり緊張していたことがわかる。パッとベッドサイドのランプが点いた。

それからベッドに這いのぼってきた。

ブスッ。

愛子が顔を押しつけている枕の、彼女の目のすぐ前に、いきなりナイフが突き立てられた。

「……！」

口がふさがれていなかったら恐怖の悲鳴が口からほとばしり出たはずだ。パジャマを着た若い体がビクンと震え、そして硬直した。目は恐怖でいっぱいに見開かれた。

「これを見たか」

初めて侵入者が口をきいた。押し殺したような囁き声で。だから声の特徴はわかりにくい。

「おとなしくしていろ。暴れたり騒いだりしたら。まず顔からこうしてやる」

ナイフの柄をこじった。パンヤを詰めた枕がザックリと裂けた。

「……!」

愛子の恐怖は極限に達した。もう少しで尿を洩らすほどに。

「わかったな?」

問われると必死になって首を縦に振った。

「よし。ではおとなしくしていろ」

女子大生は強い力で仰向けにされた。初めて侵入者に正対した。

顔は隠していても、若くて健康な男だということはわかった。皮膚の若々しさ、筋肉の張り詰めた感じ、贅肉のない体型。二十代半ばぐらいだろうか。

愛子がまず驚いたのは、肉体それ自体は中性的で、まがまがしい印象を受けないことだった。しかも、パンティストッキングの覆面をした頭部を除いて、彼の体は全身、ツルツルで産毛の一本さえなかった。きれいに剃毛されているのだ。

筋肉が隆々と盛り上がっているわけではなく、下腹部の牡器官の存在がなければ女性かと見紛うかもしれない。

（え？）

ゆっくりと捕らえた獲物に覆いかぶさってきた侵入者の肉体からは、何かの匂いが発散している。

（オリーブオイル……。どうしてこんな匂いが……？）

その疑問は、パジャマの前ボタンを引きちぎるようにして前をはだけられた瞬間にどこかに霧散してしまった。

「……！」

白い二つの肉丘がランプの明かりに照らし出され、震えながらも若さを輝かせていた。Eカップはゆうにある、メロンのようなふくらみである。男なら誰でも、掌でそれを揉み潰してみたくなるに違いない。

侵入者は、その誘惑を感じたのかどうか、パジャマの上衣にナイフを突き立て、スパッと袖のところを切り裂いた。

ナイフの切れ味はすごい。肌に触れたら同じように抵抗を感じる間もなく裂かれているだろう。

冷たい刃先は震えおののく十九歳の娘ざかりの素肌を、胸の谷間の部分からへそのほうへとツーと下っていった。

ピシュ。

パジャマのゴムの部分が切断された。股までまっすぐに布が断ち切られた。

またビクンとうち震える若い肉体。

ナイフはさらに二度か三度ふるわれ、いまや彼女が着けているのは白い木綿のパンティ一枚だけ。

健康な牝の匂いがむっとたち上り、襲撃者の鼻腔を刺激した。すでに怒張していた男性器官が、その赤銅色の肉幹を隆々とそびえ立たせた。

彼はそれでも急がなかった。

愛子の腰の上に跨る姿勢になり、膝で自分の体重を支えて前に体を倒し、まず乳房に攻撃をかけてきた。両手で左右の弾力に富んだ白いふくらみを撫で、摑み、揉み、押し潰し、さらにかぶっていたパンティストッキングを鼻のところまで押し上げて口を露出すると、乳首をくわえ、吸い、舐め、嚙み、しゃぶりたてた。

「う、む、ぐぐう、くくッ……」

ガムテープで口をふさがれているため、呻き声は鼻腔から抜けて噴出した。

シーツの上で白い裸身がくねり悶えた。

（なんてこと……。私がどうしてこんな目に……？）

愛子は女の共通な弱点である乳房を責められながら、絶望的な思いにとらわれた。

（私、感じちゃう……！）

秘部が濡れてきた。体はカッと熱く、脂汗がねっとりと肌を覆う。自分の腰が意志に関係なくビクンビクンと震えだした。子宮はもう完全に火がついた状態になっている。腿をすり合わせる動きさえ、自分でも淫らだと自覚した。

（早く、どうにかして……）

思わず切ない目で凌辱者を見上げた。

「ふふ、感じてきたな」

その時になって、凌辱者が言葉を口にした。

「パンティがこんなにシミになっている。可愛い顔に似合わず、淫乱な娘らしい」

その言葉で愛子を真っ赤にさせておいて、襲撃者はパンティの内側に指をさし込んでいった。

「う」

ビクンと跳ねる裸身。

「ほう、やっぱり……」

男が満足そうに笑った。

「処女か」

「ううう……」

惨めさの極限で啜り泣く女子大生の腰に、またナイフがふるわれた。最後の下着はボロ切れと化して投げ捨てられ、愛子はまっぱだかにされた。

「男とやる一番最初がレイプというのは、まあ、かわいそうだが、それでもいい思い出になるよう、努力してやろう」

襲撃者は奇妙な言葉を吐いた。

愛子の下肢の自由を奪っていた縄がほどかれた。

「逃げる」などという考えは、嬲る時も片手にナイフを手にしたままの男を前にしては頭の片隅にも浮かばなかった。もし彼を蹴飛ばしてドアまで走っても、後ろ手錠をかけられた身では廊下に出る前に捕まってしまう。

上掛けの毛布を床に投げ落とし、シーツだけにしたベッドの上に、愛子は仰向けにされた。

男は彼女の脚の間にうずくまり、両手で股をこじ開けるようにしてきた。

（いやッ！）

処女の秘められた部分を開陳させられる屈辱と羞恥に、愛子はガムテープでふさがれた口の奥で思いきり叫んだ。ペンライトを手にして、襲撃者は秘唇を指で開く。

「こら、暴れるな。なるほど……これが処女膜か。きれいなモノだ。では記念写真を撮ってやる。使用前、使用後でよくわかるようにな。暴れるなよ。痛い思いをしたいか。ここをザックリ切られたいか」

またナイフの切れ味を枕で試してみせてから、男はどこからか小型のデジタルカメラを取りだした。

羞恥の極限で頭がボーッとして何も考えられなくなった。

男は股の間に跪《ひざまず》き、片方の指で秘唇を拡げ、接写で処女の膣口と、その奥に見えるピンク色の美しい粘膜を撮影した。処女膜はフィルム状の膜ではない。膣の入口付近の粘膜が肥厚してせり出してきて極端に通路を狭めている部分のことを指す。

「ここをおれのチ×ポがめりめりとこじ開けるわけだ。ふむ」

わざと愛子の反応を楽しむようにして、それからカメラを置いた。

「どれどれ、処女の味を……。今じゃないと、もうわからなくなるからな」

男はガバと股間に顔を伏せてきた。

「む、ぐ」

またふくよかな白い裸身がまな板の上の活魚のように跳ねた。

猫がミルクを呑むようにして男は舌を使い、いやらしくぴちゃぴちゃと音をたてて秘唇とその周辺を舐めた。

「処女なのに愛液がこんなに出る。どういうわけだ」

溢れ出てくる白い液を舐めているうちに、最初はコンデンスミルク状だったのが米の研ぎ汁のように薄まってゆく液を、男はうまそうに啜り呑んだ。

「なるほどね、これが処女の味か……。最初は少しすっぱい、塩からい。汗みたいなもんだな。それがだんだん甘くなってゆく。ふむ、なかなかいい味だ。初恋の味というか……、うはは」

自分の冗談に笑ってしまう余裕を見せて、男は、強制されて快感を味わわされた結果、思考力を完全に失っている愛子の体の上にのしかかってきた。

「う」

鋼のように硬い、熱い肉槍の穂先をあてがわれた時、十九歳の可憐な娘は震えて腰をひいた。

「逃げるな。逃げるとかえって痛いぞ」

がっしりと抱え込んだ。身長はひょっとしたら大柄の愛子のほうが高いかもしれないが、やはり男の力だ。押さえ込まれるともう逃げられない。

「う」

体の芯で引き裂かれる痛みが走った。脳まで響く鋭い痛み。

それは一瞬だった。男の体重がズンとかかってきた。

「ほら、破けた。案外、薄かったようだ。これでお前は一人前の女になって、おれの奴隷になれたわけだ。喜べ、たっぷりかわいがってやる」

愛子は腰を抱え込まれながら、腹腔に強い圧迫感を感じていた。今までかつて感じたことのない、巨大な蛇か何かが膣から入り込んでしまったような錯覚。

犯される前に見せつけられた、股間に隆起している、処女の恐怖心というレンズで手首ほどの太さ、すりこぎほどの長さにも拡大された肉根が、いますっぽりと自分の体に突きたてられているとは、信じられなかった。

「うむ、締めつけてくる感じは、いい。これが処女か。いい、なかなかいい」

感想を口にしながら強姦魔と化した男は、豊かな腰まわりの肉を抱えながら、腰を使いだした。

「むう、う、うぐ、う、ぐ……」

ベッドが軋み、柔らかい女体がのけぞった。左右に身悶えするとメロンのような乳房がぶるんぶるんと揺れた。

「これはいい。おれ好みの体だ。おまえをこうやって味わえるとは、夢のようだぜ。苦労してここまでやってきた甲斐があったというものだ……」

血に塗れた肉根をピストン運動させる男が、うわずった声で告げた。

「ナマで出すぞ」

う、と呻いてのけぞり、ぐぐぐと臀部と太腿の筋肉を収縮させた強姦魔は、愛子の膣奥に牡の白濁したエキスをしたたかに噴きあげた。ドクドクドク、ドクドクドク、ドクドクドクと、激情を断続的に送り込んだ。

――犯されて愛子が快感を味わったといったら嘘になる。

だが、

(生理が終わったばかりでよかった)

と、犯されながら思っていた。

やはりレイプで妊娠というのは惨めきわまりない。その心配がないことは、

(不幸中の幸い)

と思うべきだろう。処女膜を裂かれる痛みを除けば、挿入され抽送されることの痛みはさほどではなく、彼が「うッ」と呻いてブルブルと下肢を震わせた時は、

（あ、イッた。私の体で……）

不思議な幸福感さえ味わったのはどういうことだろうか。

この男は確かに自分の肉体で快感を覚えた。快感を与えられたという充足感、満足感のようなものが湧いてきた。

（これで満足して、去ってくれたら……）

自分は生き延びられる。安堵の気持が広がった。

だが、体を押しつけたまま、強姦魔は離れようとしなかった。はあはあと息をつきながらも、彼の肉器官は愛子の体に深く打ち込まれたままだ。

（男の人って、すぐ萎えるんじゃなかったの？）

友人たちの体験談からそう思っていた愛子は、少し当惑した。すべては終わったと思っていたのに。

彼女を串刺しにしながら、強姦魔は手を伸ばし、ナイフを摑んでまた突きつけていた。

「これで終わったら、おまえも物足りないだろう。おれもそうだ。夜は長い。もっと楽しもうぜ。おれは何度でも抜かずにやれる。ただ、おまえが協力してくれる限り、の話だが」

鋭利なナイフの刃先を豊満な乳房の頂上の乳首に押しあてた。冷たい金属の感触に体が硬直する。恐怖で愛子の目は飛び出しそうになる。

「そうだ、怖がれよ。おれは怖がる女、恥ずかしがる女、痛がる女が好きだ。こうやって串刺しにしてると、おまえが怖がるとおれを締めつける。これがたまらない」

黒いナイロンの覆面の奥からギラつく肉食獣の視線を送りながら、強姦魔は訊いた。

「おまえは、香野智美が好きなのか？　抱かれたことがあるのか？」

愛子は、この男が何を言っているのかわからなかった。

「さっきオナニーをした時だ、おまえはイク時、『智美先輩』と叫んだぞ。それを訊いているんだ」

質問の理由を説明されて、愛子は驚愕し、次に強烈な羞恥に打ちのめされた。泣くのも忘れるほどに。

（この人、どこかでオナニーしているのを覗いてたんだ！）

ナイフの刃が彼女の目の前で左右に振られた。

愛子は必死になって顔を縦に振った。肯定した。

「じゃあ、おまえと香野智美の関係を正直に言え」

男はナイフの刃を今度は喉頸《のどくび》にあてがいながら、口をふさいでいたガムテープを剝いだ。

持参してきた小型のテープレコーダーを操作しながら命令した。

第十三章　二匹の百合奴隷

ピコピコピコ……。
小鳥が鳴くような音に、香野智美は目を覚ました。
机の上の携帯電話が鳴っている。
（また、あの男……？）
時計を見るともう朝に近い時間だ。四時半。
（どうしてこんな時間に……？）
当惑しながら、携帯電話を取り上げた。
《はい》
《おれだ》
この前、〝継承者〟と名乗って彼女を屋上で辱めた男だ。

《はい》
《いいか、これから命令することをよく聞け。おまえがそのとおりにすれば、もう一人の仲間とおまえの名誉は保たれる。従わないと、世界じゅうに恥をさらす》
インターネットのホームページ上に凌辱写真を掲載するというのだ。
《仲間……って誰ですか？》
どういうことなのかわからないので質問した。
《それは、おれの命令を聞けばわかる。まず、これを聞け》
前と同じように、テープレコーダーに録音された会話が再生された。
女は、自分の声ではない。男は継承者の声だ。
男が女に白状するよう強要している。ときどき若い女が悲鳴をあげる。
（これって拷問……！）
では、この寮の中で自分が受けたのと同じ辱めを受けた寮生がいるのだ。
《ひどい……》
思わず呻いてしまった。
《いいから、聞け》
男の声が叩きつけるように言う。逆らえない相手だ。智美は沈黙し、受話器から流れてくる会話――主に女の声に耳をかたむけた。やがて彼女の顔に驚愕の、信じられないという色が広がった。
（なんてこと……。あの子が……）
告白の最後は喘ぎ声と、明らかに快感を訴える悶え声で終わった。智美は下着の股の部分に熱い湿りを覚えた。
《聞いたか、香野智美？　この女は誰だかわかるか？》
《わかります。神将愛子さん。私の高校時代からの後輩。とてもあどけない顔した可愛い子なのに……》
《その顔に似合わず性感は豊かだぜ。毎晩オナニーしないと眠れないほど性欲も強いんだ。その時にはおまえの名前を呼んでイク。確かに可愛い女だ》
継承者は淡々として言葉を続ける。
《おまえは、これから愛子の部屋に行け。ドアは開いている。彼女は手錠をかけられているから、おまえが鍵で外してやらないといけない。その鍵は彼女のおま×この中に入っている。さあ、行って救助してやれ》
電話は一方的に切れた。
しばらく呆然としていた智美だが、我に返るとパジャマ姿のまま廊下に飛びだし、三つ離れた部屋のドアをノックした。

応答はない。ノブを摑んで回すと開いた。

深呼吸してから、智美は後輩の個室に足を踏み入れた。

むっと異臭が鼻をついた。女子寮では絶対に嗅げるはずのない匂い。牡の匂い。牡のはなった精液の匂い。

二ヵ月半も前に自分が襲われたように、愛子も襲われ、犯され、拷問されたのだ。凌辱者の姿はない。彼はすでに現場を離れ、安全な場所から電話してきたのだろう。

ベッドの上に愛子は寝かされていた。

全裸で後ろ手に手錠をかけられ、口にはガムテープを貼られたみじめな姿で。

「まあ」

驚きながら駆け寄る。

「む」

愛子が、智美の到来をまったく知らされていなかったのは明らかだった。

凌辱された自分のみじめな姿を、よりにもよって憧れの先輩に見られて、可憐な娘の顔が歪んだ。自殺したいと思うほどの衝撃を受けている。

「聞いて。あなたが初めてじゃないの」

愛子を抱き起こしながら智美は告げた。

「私も襲われたの。あなたを襲ったのとは違う強姦魔に。夏休みが終わってすぐのことよ。それから二回、電話がかかってきて、言葉では言い表せない辱めを受けたわ。だから私も被害者。ここに来たのは、そいつから電話がかかって、あなたを自由にするように、と命令されたから」

信じられないような顔。智美は哀れみの言葉を口にした。

「処女だったのね。辛かったでしょう」

床に投げ捨てられたパンティの残骸には、精液と血がこびりついている。

「手錠の鍵をとるには、ちょっと我慢をしてもらわないと……。ごめんね」

ガムテープを剝がすより先のほうがいいと思い、智美はわざと看護師のように決然とした態度で愛子の下肢をそろえて持ち上げた。

「う」

犯されぬいた場所を強引に露出されるポーズをとらされ、若い娘の白い肌が紅潮する。智美の目は秘唇からはみ出ているものを認めた。薄いゴムの膜だ。

「ラクにして」

コンドームの端をひっぱると、手錠の鍵が入ったゴムの袋がすぽっと抜けた。同時に白い液体がとろとろと洩れ溢れてくる。無残に凌辱された膣口の爛《ただ》れたような粘膜が痛々しい。

手錠の鍵を外してやると、愛子は自分の手でガムテープをむしりとった。

「香野先輩、先に体を洗わせて」

「それは、訴えないということ？」

智美は後輩に、証拠を洗い流すことの意味を伝えた。

「先輩は訴えなかったのでしょう？」

「私の場合は……コンドームを使われたの。それを持ち帰られたから、証拠というのが何もなくて……」

「変わった強姦魔ですね」

愛子は目を丸くした。

「でも、私は訴えません。訴えられません、あんな辱めを受けては……」

「わかるわ。私も同じ経験したから」

「失礼します」

真っ裸の愛子はバスルームに飛びこんでいった。

しばらくシャワーの音がして、裸身にバスタオルを巻いた愛子が出てきた。彼女の顔に生気が浮かんでいるのを見て、智美は安堵した。犯された精神的なショックで、精神に異常をきたしてしまう女性もいるのだ。

「出血は？」

乱れたベッドはざっと直しておいて、その縁に腰掛けていた智美が訊くと、愛子は可憐な顔を少ししかめてみせた。

「もう止まったようです。痛かったのは最初だけで」

愛子は智美の隣にストンと腰をおろした。

「じゃあ、あれは……命令されてやってたことなんですね？」

呟くように言ったので、今度は智美が不思議な顔になった。

「どういうこと？」

「二度ほど、真夜中に屋上へ上がっていったでしょう？」

智美は飛び上がった。

「まさか……、見たわけじゃないでしょうね」

「あの、二回目は覗いちゃいました。だって屋上で誰かとこっそりデートしてるのかと思って」

「ああ……」

智美は両手で顔を覆った。愛子は申し訳なさそうな顔で言った。

「ごめんなさい。でも先輩、これであいこじゃないですか。お互いに恥ずかしい姿をさらけだしたんですもの。問題はこれからだと思うんですけど」

「それもそうね」

気をとりなおした先輩は、自分がどのように襲われ、そのあと、どのようなことがあったかを説明した。可愛い後輩は首をかしげた。

「不思議ですね。私を襲った人とは違うんだ。でも、どちらも手口は同じですし、体の毛を剃っているのも同じ。体からはオリーブオイルの匂いがした……」

「二回目に電話してきた男――あなたを襲った男は、自分で『継承者』と言ったわ。それから考えると、この寮に入り、私たちの部屋に入る魔法みたいなものを知ってた最初の男が、継承者に魔法を教えたんじゃないかしら。あら……」

智美は手を伸ばして後輩の肩についた赤いものを手で拭った。シャワーで洗い残されたそれは、彼女の指についた。

「これ、口紅……。愛子さん、この色、使う？」

「ベージュ系は使いません。私、ピンク系ですから」

「ということは……、そうか、魔法じゃないんだ」

智美の目は輝いた。謎の一つがとけた。

「彼らは女装して寮に入りこんだのよ」

「女装……？　全身の毛を剃っているのは、そのせいですか？」

「そうだと思う」

「すごい……。私、女装する強姦魔に犯されて処女を奪われたんですか」

「そうみたいね。体は小柄で、中性的な体つきだった。胸だってふっくらしてたし」

「私のもそう……。でも、おかまが女を襲うなんて信じられません」

　愛子はまだ半信半疑だ。

「ばかね、女装するからって必ずしもおかまとかゲイとか限らないわよ。女装して女をレイプしてた男って、これまで何度も報道されたもの」

「ということは、そういう男が二人いたということですね」

「偶然かしら、それとも何かのつながりかしら」

「それにしても、どうして私たちの部屋に入り込めたんでしょうか？　それこそ魔法を使ったとしか思えないんですけど……」

「じゃあ、もう一度、探してみましょう」

　愛子は下着を着け、二人の女子学生は必死になってあちこちを調べていった。壁や天井をプラスチックの定規でつついていた智美が、遂にドアの上の天井に気がついた。

「ここ、何か隙間があるみたい。ほら、あ……!」

天井がはね蓋になっているのがわかった。椅子を持ってきておそるおそる覗き込んだ愛子は、驚きの声をあげた。

「広いー。天井の上がこんなに広くなってるなんて知らなかったです。人が体を屈めて歩けますよ。あ、ここにオリーブオイルの痕……」

智美も目で見て、強姦魔は天井裏のエアーダクトを伝ってやってきたのだと確信した。

「驚いた、こんなところに人間が出入りできる場所があるなんて」

「でも、狭い場所もあるのね。だからまっぱだかになって全身にオリーブオイルを塗りつけてすり抜けてきたのよ」

「ということは……」

愛子はぶるッと体を震わせた。

「また、強姦魔がここを通ってやってくるかもしれませんね」

「うーん……」

智美は考えこんだ。二百五十人の寮生の誰もが犯される危険を有しているのだ。

「匿名で学校当局に通報しましょう。彼らがチェックして、強姦魔が入れないようにしてくれるでしょう」

二人はまたベッドに並んで腰かけた。同じような被害者であることが、二人の関係をずっと親密なものにしていた。

「でも、わからないのは、私を犯したやつは、どうして先輩に連絡して見にこさせたんでしょう？　私たち二人が情報を交換したら、侵入方法がばれてしまいます」

智美はまた考えて、自分の推測を口にした。

「彼は私たちを完全に支配したという自信を持ったのね。だからもう、こういう秘密の通路なんか必要とせず、いつでも私たちを自由にできると思ったんじゃないかしら。現実に私なんか、電話で屋上まで行かされているんだから……。愛子さんも、彼に電話で命令されたら従うんじゃない？」

愛子は赤くなりながらうなずいた。

「だって写真を撮られています。うんと恥ずかしい姿を。あれをばらすと言われたらどんなことでも従います」

そこで深刻な表情になって智美に訊いた。

「やはり、警察に訴えたほうがいいでしょうか？」

逆に智美は明るい顔で首を横に振った。

「私は、もう少し様子を見たほうがいいんじゃないか、って気がするの。なぜって、彼を利用したい気がするから……」

愛子は不思議そうな顔をした。

「利用、ってどういうことですか？」

ためらいがちに智美は告白した。

「実は私、男性とセックスしてもこれまで感じたことがなかったの。オナニーではそこそこ感じるのにね。不感症なのかしら、と思ってたら、最初の強姦魔に徹底的に嬲られて、感じてしまったのよ。不感症じゃないことを教えてくれ、しかも最高のオルガスムスを与えてくれたんだから、ある意味では感謝してるのね。強姦魔に感謝なんて言ったら、フェミニストの連中から袋叩きにあいそうだけど……」

愛子はうなずいた。

「先輩の言ってること、わかります。私も処女を奪われて痛くて辛くて恥ずかしくて、それで拷問されて、そのうちだんだん気持がよくなってきて……、最後なんかおしっこ洩らすようにして何度もイッてしまいました。オナニーでも感じたことのない気持よさ……。処女を奪われたばかりなのに感じるなんて、誰も信じてくれないと思うけれど……」

智美は後輩を見てニッコリと笑った。

「信じる。どうやら神将さんと私、おんなじ気性の持ち主らしいから」

「同じ気性……？」

「マゾ。マゾヒスト。痛くて辛くて恥ずかしくて惨めにされると、なぜか気持よくなってしまう性格。それで私、ずーっと悩んできたんだけど、この前、屋上に行かされて恥ずかしいことさせられて、なんかふっきれた気がしたのよ。ストリッパーってあんなことをして、ちゃんとお金を稼いでいるんだから、私も同じだと思えばいいんだって」

「大胆ですね、先輩……」

愛子は気を呑まれたような顔になった。

「その『先輩』ってやめてくれない？　『智美さん』でいいのよ」

「だったら、私も『愛子』って呼びすてにしてくれます？」

「いいわよ」

二人は顔を見つめあった。

「わかりました。先輩……智美さんがあの男の奴隷みたいな立場を楽しんでみたいというのなら、私も従います」

「そう？　彼は私たちにそんなにひどいようなことはしない、って気がするの。もしそうではなくて、ただのケダモノみたいな男だったら、その時はその時、警察にでも駆け込みましょう」

「わかりました、智美さん」

その時、愛子の机の上の電話機が鳴った。二人は顔を見合わせた。愛子がおそるおそるハンドセットをとりあげた。

「はい？」

智美を見て軽くうなずいた。あの強姦魔が電話をかけてきたのだ。女子大生は軽い昂奮を覚えた。

「はい、あの、待ってください」

送話器を押さえた愛子が当惑した顔で告げた。

「あの男です。『おまえたちが仲よくなったお礼をしろ』って……」

「お礼って？」

「このお部屋の窓を開けて、部屋を明るくして、二人ともまっぱだかになって、抱きあって、その……キスしたりしろ、って」

智美は立ち上がり、パジャマを脱ぎはじめた。

「確かにそうね。あなたのように可愛い人が私を好きになって憧れてくれているだなんて、今の今までまったく知らなかった。それを教えてくれたんだから、お礼はしましょうよ」

愛子は受話器に返答した。

「わかりました。お礼をします」

彼女は部屋の明かりをつけ、窓のブラインドを引き上げた。夢見山の展望台からは室内がよく見えることだろう。

「どうしたらいいですか？　まずキスですね？　はい、それからおっぱいを揉みあって、吸って、私が智美さんのアソコにキスを……。わかりました」

上気した後輩がハンドセットを置いて美しい先輩を振り返った。

智美はすでにパンティを脱いで全裸になり、床にすっくと立っていた。

「きれいです、智美さん」

言いながら愛子は自分が着ていたキャミソールとパンティを脱ぎ捨てた。

「あなたもすてきよ。特にこのおっぱい……」

二人の女子大生は窓辺で抱きあい、接吻を交わした――。

互いの唾液を啜りあう、濃厚なディープキスが長いこと続き、ようやく唇と唇が離れると、愛子の体がぐらりと揺れた。あわてて抱き支える智美。

「どうしたのっ？　愛子」

「あ、ごめんなさい……。長いこと夢見ていたことが実現して、嬉しくて……」

感動のあまり気が遠くなったのだ。智美はニッコリと美しい笑顔を浮かべた。

「そんなに私のことを思ってくれてたなんて、ちっとも気がつかなかった。ごめんなさいね。では、お詫びのしるしに……」

はだかの後輩を仁王立ちに立たせて股を開かせ、自分はそのままに膝をついた。

「智美さん……、何を……？　あっ、ああ、そんな……っ！」

憧れの上級生がいま、自分の脚の間にうずくまって、秘毛の谷間に顔を伏せてきたのだ。

さっきさんざん辱められ犯され尽くした、その部分の傷口を癒そうとでもするかのように、唇を優しく押しあて、舌で粘膜を舐め始めたのだ。

「智美さん、もったいないですぅ……、ああ」

生まれて初めてのレズビアンの情熱的な性器接吻を受けて、愛子のふくよかな白い裸身が揺れ悶えた。

ピチャピチャ、チュウチュウ。

これ以上美味なものはないかのように、年上の娘は愛子の秘唇から溢れてきた蜜液を吸い、飲んだ。

「う、うーん、ああ、先輩……、私にも」

交替に後輩が跪き、今度は智美のスレンダーな肢体がのけ反り、揺れくねった。

「うあ、感激……。上手よ、愛子……。初めてとは思えない。ああ、そう、そうよ……。うーん」

娘二人が、かわるがわるに相手の性器に情熱的な接吻を浴びせ、愛液を飲み啜ることに夢中になっていると、電話がまた鳴った。愛子が出て、指示を受けた。

「携帯電話を持って屋上に来るように、って命令されました」

智美は予期していたように答えた。

「わかったわ。行きましょう」

一度、自分の部屋に戻った智美は、レインコートをまとい、携帯電話を手に戻ってきた。愛子もレインコートを着て、二人は非常口から屋上へと上がっていった。

そろそろ朝が近い。東の空が白みがかってきた。

智美の手にしていた携帯電話が鳴った。継承者と名乗る男の声が新たな指示を出した。

《いつもの場所で、コートをとれ》

二人の美しい娘は並んで立ち、全裸を夜気にさらした。次の指示は二人とも予期したとおりのものだった。

《夢見山に向かって、立ったまま小便しろ》

智美はすんなりと透明な液体をほとばしらせたが、愛子はしばらくの間、いきみ続けた。

「慣れないと、なかなか出ないのよ。いきみ過ぎるとかえって出ないわ。体をラクにして、深呼吸してみるといいわ」

智美がアドバイスしてやって、ようやく年下の娘は尿を噴射させることができた。

生まれて初めての全裸で立ったままの放尿だった。それも屋外で。愛子は寒さを忘れるほど興奮した。

《互いに濡れたところを舐めあえ》

二人の娘が互いに相手の股間に顔を埋めるようにして舌で濡れた部分を清めた。

《よし、では夢見山にケツを向けるようにして、並んで四つん這いになれ》

脱いだレインコートを敷き延べ、その上で二人は犬の姿勢をとった。

《しばらく、待て》

電話が切れた。

明け方の冷気に肌をさらしながら、二人の娘は待った。両手と両膝で体重を支えながら。

コトッ。

音がしたので二人はびっくりして立ち上がりかけた。てっきり誰かが上がってきたのかと思ったからだ。

音は非常階段からではなかった。寮生には無縁の場所から発したのだ。

彼女たちの顔の真正面、五メートルぐらい離れたところにある塔屋のドアが開いたのだ。

「あ」

二人は意表を突かれ、腰を浮かせた。

（あの人は、夢見山にいたのではないの……？）

塔屋の中から一人の女性が姿を現した。自分たちより少し年上のように見える、これまで一度も見たことのない、メガネをかけた知的な美人学生。

ゆっくりと歩いてきた初めて見る美女が、実は女装した男なのだということを、二人ともすぐに察知した。さっき、強姦魔は女装して侵入したに違いないと語りあったばかりだ。

それでもなお、その変装ぶりに智美も愛子も目をみはった――。


舜は『友愛タワー』を立ち去ったわけではなかった。いずれにしろガードマンが警戒にあたって玄関が閉じられている間は、出ていけない。塔屋まで戻り、服を着てから受信機のスイッチを入れ、愛子の部屋で交わされていた会話に耳を傾けていたのだ。

二人が自分の指示に従って熱烈なレズビアンの行為に耽りだしたのを確認してから愛子の部屋に電話をかけ、屋上に呼びつけることにしたのだ。彼としてはこの機会に二人並べて、自分に隷従させる誓いを行なわせたかった。

それは可能だった。二人は警察にも誰にも訴える気はなく、かえって奴隷となって服従したがっていることが盗聴でわかった。

女子大生の姿に戻り、化粧も直した舜は、呆然としている娘たちの眼前まで歩みよると、腰に手を当てるふうで二人を見下ろした。

「何をぼんやりしているの。私に奉仕するのがあなたたちの役目よ」

ごく自然に女言葉が口から出て、舜は自分でも驚いた。まるでマミになった正巳が教えてくれるかのようだ。

「はい」

左右に分かれて、娘たちは自分を犯し、徹底的に辱めた女装の強姦魔のスカートを脱がせた。黒いショーツのふくらみを除けば、ガーターベルトで吊った黒いストッキングに包まれた脚線、腿の白いなめらかな肌は女そのものだった。

「この上からキスしなさい」

命じられて智美と愛子は交替に、黒いナイロン製のショーツの上から逞しくズキズキと脈打つ男性の欲望器官に接吻し、舌を這わせた。

「脱がせて」

かすれた声で舜は命じ、女たちの手が腰ゴムにかかり、ショーツは引き下ろされてうやうやしく爪先から抜きとられた。

「ああ……」

もう透明な液で亀頭を濡らしている、仰角を保つ男根。いま、朝日の最初の光がそれを赤く染め上げた。

「誓いなさい、私の奴隷になることを。そうしたらこれをしゃぶらせてあげよう。精液を飲ませてあげよう。そして奴隷として仕えさせ、かつて味わったことのない辱めを与えてあげよう」

言われてまず、智美が頭を下げる姿勢になって言葉を発した。

「誓います。香野智美はあなたさまの奴隷になって、どんな辱めにも耐えてご奉仕することを誓います」

それにならって、愛子も侍女の姿勢になって朗唱するように言った。

「誓います。神将愛子はあなたさまの奴隷になって、どんな辱めにも耐えてご奉仕することを誓います」

舜は頷き、まず智美の口の中に怒張を突きたてた。次に愛子にしゃぶらせてから命じた。

「並んでケツをこちらに向けなさい。ご主人さまの精液を等分に注いであげる」

柔らかく暖かい二つの肉を犯し楽しみながら、舜は胸中で亡き恋人に告げた。

(正巳、ありがとう。おまえの計画のおかげで、おれはついにおまえ以上の快楽を味わうことができた……)

獣と化してゆく三人を朝の光線が燃え上がらせていく——。

この作品は一九九七年八月マドンナ社より刊行された
『生贄女子寮　強姦魔』を改題し、加筆修正しました。

GENTOSHA
OUTLAW
BUNKO

狙《ねら》われた女子寮《じょしりょう》

館淳一《たてじゅんいち》

平成25年6月15日　初版発行

発行人――石原正康
編集人――永島賞二
発行所――株式会社幻冬舎
〒151-0051東京都渋谷区千駄ヶ谷4-9-7
電話　03(5411)6222(営業)
　　　03(5411)6211(編集)
　　振替00120-8-767643
印刷・製本―図書印刷株式会社
装丁者――高橋雅之

幻冬舎アウトロー文庫

ISBN978-4-344-42040-3　C0193　O-44-19

幻冬舎ホームページアドレス　http://www.gentosha.co.jp/
この本に関するご意見・ご感想をメールでお寄せいただく場合は、
comment@gentosha.co.jpまで。